Rのつく月には気をつけよう
賢者のグラス

石持浅海

JN100251

祥伝社文庫

Rのつく月には気をつけよう
賢者のグラス

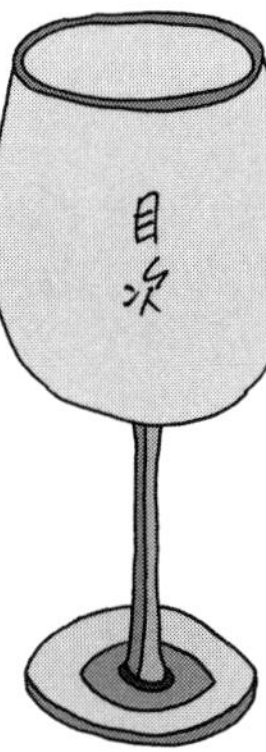

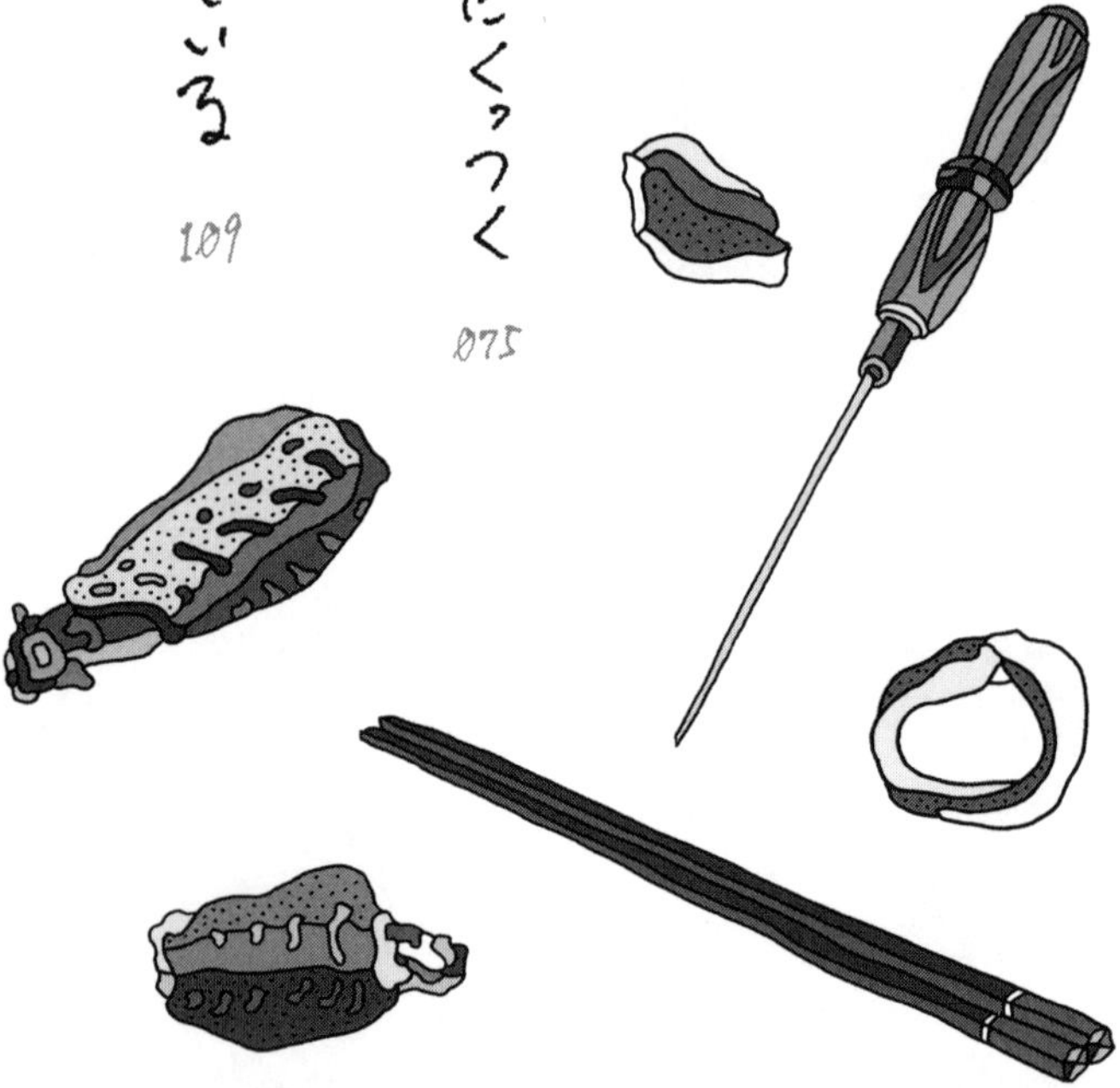

Steak

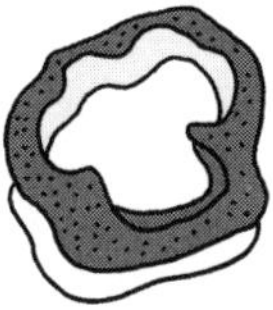

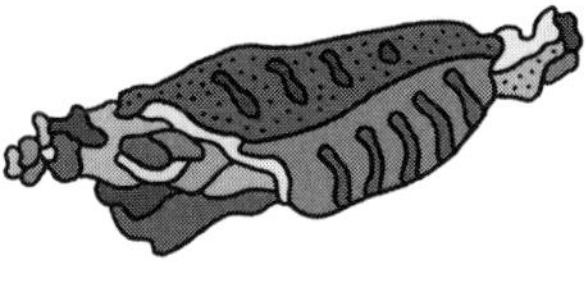

ふたつ目の山
GRGICH HILLS
ESTATE
Napa Valley
ZINFANDEL
2012
Ryu.

「よおっ!」

ドアを開けるなり、長江《ながえ》渚《なぎさ》が大声を出した。「ひさしぶり」

わたし——冬木《ふゆき》夏美《なつみ》も笑顔を返す。「おひさ」

「まあ、入ってよ——おおっ」

渚が視線を下げる。わたしの胸の高さ。小学四年生が気をつけしている。

「君が、大《だい》くんか」

わたしたちの息子、大がぺこりと頭を下げる。「こんにちは」

渚が大きくうなずく。「うん。いい挨拶《あいさつ》だ。お父さんに似たのかな」

母親似ではないと言いたいわけだ。わたしの背後で夫——健太《けんた》が笑っている。この人、まったく変わってないなと言いたげに。

中に入ると、リビングにはキャラクターグッズやおもちゃがあちこちに置かれてあった。どれも女児向けだ。整頓《せいとん》されているようだけれど、細々《こまごま》とした物が多いから、どうしても雑然とした印象を受けてしまう。家主が一人暮らしのときには感じたことのない印象だ。

その家主は、ソファで女の子を膝《ひざ》に載せていた。

「いらっしゃい」

家主――長江高明《たかあき》はわたしたちに穏やかな笑みを向けてきた。

「ごぶさた」

「おひさしぶりです」

わたしと健太が同時に長江に話しかけた。

「その子が、咲《さき》ちゃん？」

名前を呼ばれた女の子は、恥ずかしそうに下を向いた。長江が女の子の肩に手を当てる。「ほら、お客さんに挨拶は？」

しばらく間《ま》があって、消え入りそうな声で「こんにちは」と言うのが聞こえた。なんて、かわいらしい。

「こんにちは」わたしは膝を曲げて、女の子と目の高さを合わせた。「おじゃまします」

手に持った紙袋を差し出した。「はい。おみやげ」

「悪いね」

父親が受け取る。「ほら、咲ちゃん。こんなとき、なんて言うの？」

「……ありがとうございます」

「あら、偉いのね」

つい、おばさんくさい科白《せりふ》が出てしまった。「とりあえず、開けてよ」

長江が袋から箱を取り出し、包装紙を剝《む》く。「ほう」

中から出てきたのは、リモコン操縦できるロボットだ。

「女の子へのプレゼントとは思えないな」

渚が憎まれ口を叩《たた》くが、目が笑っている。好みのツボを突いたのだろう。

「咲ちゃんは二年生でしょ？　本当は十歳、四年生以上が対象らしいんだけどね。でも長江家の子供なら、ちょうどいいかと思って」

「それは、買いかぶりだな」

長江が父親の表情でコメントして、ロボットの箱を娘に手渡した。咲ちゃんは、どう反応していいか、戸惑《とまど》っている。

「大。助けてあげて」

わたしが息子に言うと、大は一歩前に進み出た。「うん」

さすがは、通知表に「低学年の面倒見がよい」と書かれるだけのことはある。咲ちゃんに向かって「いっしょに遊ぼう」と呼びかけた。二人で、部屋の隅に移動する。大がロボットの箱を開封し、部品を床に広げた。

「対象年齢がちょっと上の動く玩具《がんぐ》だけど、怪我《けが》をしたりはしないでしょ。首が絞《し》まるわけでもないし」

渚が気楽な口調で言う。しまった。怪我の可能性までは考えてなかった。単に知性の発達具合だけで選んだのだ。怪我をさせてしまっては申し訳が立たない。大、頼んだぞ。年下の女の子を護《まも》ってやってくれ。

しばらく様子を窺《うかが》っていたが、特に危なっかしい感じもない。安心して、大人たちはダイニングテーブルを囲んだ。

渚が冷蔵庫から瓶ビールを出して運んでくる。「まずは、ビールで乾杯かな」

瓶ビールを開栓し、四つのグラスに注《つ》いだ。

「では、再会を祝して」

「長江さんたちの帰国を祝って」

四人でグラスを触れ合わせた。

わたしと長江夫妻は、大学時代からの友人同士だ。三人揃《そろ》って酒好きということもあって、大学を卒業して就職してからも、機会を見つけては一緒に飲んでいた。わたしが結婚してからは夫も加わり、楽しい時間を過ごしていたのだ。それなのに事情があって、しばらく途絶《とだ》えていた。それを今宵《こよい》、久々に復活させたわけだ。

「いや、本当に」ビールをひと口飲んで、わたしは言った。「もう、戻ってこないかと思ったよ」

「うーん」長江が頭を掻《か》いた。「悩んだんだけどね」

長江は国の研究機関に勤めていたのだけれど、渚と結婚してしばらくしてから、なんとアメリカの大学に移籍してしまったのだ。渚は勤めていた食品会社を当たり前のように辞めて、長江についていった。現地で咲ちゃんが生まれ、そのままアメリカに永住するのではないかと思っていた。

「アメリカって、みんなが思うほどドライじゃなくてね」

ビールを飲んで、長江が説明する。

「むしろ、義理人情をすごく大切にするんだ。だからアメリカに残れって、ずいぶん言われたよ」

「でも、戻ってきたんだ。しかも、わたしたちの大学に」

「ああ、それは偶然」

長江がぱたぱたと手を振った。「たまたまポストがあっただけだよ。学部も移転したし、研究室のメンバーもすっかり入れ替わっているから、あまり母校って感じはしない」

「まあ、帰国したとしても、地方の大学だったらこうして飲めなかったわけだから、わたしたちにとってはよかったんだけど」

ビール瓶を取って、長江に注いでやる。

渚が子供たち用の食事を持って、キッチンから出てきた。ランチプレートには、鶏《とり》の唐揚げやウインナーソーセージが載っている。ごはんは、チキンライスだ。野菜が少ないのは、咲ちゃんが好きではないからだろうか。

「なんだか、母親っぽくなったねえ」

わたしがコメントすると、渚は「あんたもでしょ」と返してきた。そしてロボットで遊ぶ子供たちに声をかける。

「ほら、二人ともおいで。ごはんにするよ」

はあいと返事をして、大と咲ちゃんが立ち上がった。

「石鹼《せっけん》で手を洗ってね。咲、大くんを案内してあげな」

「こっち」と咲ちゃんが大を連れてリビングを出て行った。短い間に、仲良くなってくれたようだ。よしよし。

夫の健太が、持参したクーラーボックスを開けた。「予告どおり、肴《さかな》を持ってきました」

そう言って取り出したのは、アルミホイルにくるまれた塊《かたまり》だった。液漏れしないように、チャック付きビニール袋に入れてある。

「切る道具を持ってきますね」

渚がもう一度キッチンに消え、まな板と包丁、それからステーキ用のナイフとフォークを持って戻ってきた。健太がチャック付きビニール袋から塊を取り出し、まな板の上にそっと置いた。丁寧にアルミホイルを剝《は》がす。中からは、牛肉の塊が出てきた。

「ほほう」長江の目が細められた。「ローストビーフですか」

健太がはにかんだように笑う。「牛肉の本場から戻ってきた人に、どうかと思ったんですが」

「いや、大好物です」

「しかも和牛じゃなくて、オーストラリア産です」

「いいじゃないですか。アメリカ産とは味も違うし」

「自家製ですね」興味を惹《ひ》かれたように渚が口を開いた。「オーブンで?」

「いいえ。オーブントースターです。本格的かどうかはともかく、オーブントースターでもできちゃうんですよ」

「お肉だ」

洗面所から戻ってきた大が声を上げた。「食べてもいい？」

「いいけど、中がまだ赤いから、もう一度焼いてあげる――頼める？」

最後は渚に向けた発言だ。

「いいよ。食べやすい大きさに切って、焼肉のタレを絡めよう。その前に、切らないとな」

どちらにせよ、塊のままでは食べられない。大人だって、ローストビーフは薄く切って食べるものだ。

渚はテーブルを睨《にら》んだ。肉を切る刃物は二種類ある。包丁と、ステーキ用のナイフだ。

「どっちがいいんだろうな」

「肉なんだから、ステーキナイフかな」

適当に返事しておいた。そうかと言って、渚がステーキ用のナイフを取る。中心部付近にフォークを突き刺し、それで肉を固定してナイフを当てた。ステーキ肉を切るように、ローストビーフを切っていく。綺麗《きれい》にふたつに分かれた。中から、見事に赤みの残った切り口が現れた。いかにもローストビーフという仕上がりだ。さすがはわたしの夫。

しかし渚が眉間《みけん》にしわを寄せた。「いかん」

「何が？」

「ステーキナイフじゃ、薄く切れない」

「そう？」言いながら、切り口を見る。確かに、切り口にはギザギザの跡が残っていた。刃《は》がついているとはいえ、ステーキ用のナイフでは押し切るような感じになってしまうようだ。確かにそれでは薄くは切れない。

「よし」

渚はステーキ用のナイフを包丁に持ち替えた。丁寧に包丁を入れていく。うまくいったかと思ったけれど、三分の一も進まないうちに肉が潰《つぶ》れてしまい、ちぎれてしまった。

「こりゃ、難しいな」

言いながら、手は別の動きをした。刺すフォークの位置を変え、端から厚めにカットしていく。カットした肉を、さらにサイコロ状に切った。

「まずは、子供の分を用意するよ」

サイコロ状になった肉を持ってキッチンに向かう。フライパンで牛肉に完全に火を通していく。冷蔵庫から焼肉のタレを取り出し、肉に振りかけた。途端に、フライパンからタレが焦げる匂いが立ちこめる。食欲をそそるいい匂いだけれど、ローストビーフを食べることを考えたら、この匂いは邪魔になる。独身時代の渚なら許さなかっただろうけれど、彼女も子供ができて丸くなったようだ。いや、細かいことはどうでもよくなったのかもしれない。

渚が牛肉のタレ焼きに変貌《へんぼう》したローストビーフを子供たちの前に置いた。「はい。先に食べてて」

わあいと声を上げて、小学生二人が肉に箸《はし》をつけた。大が咲ちゃんよりも肉をたくさん取らないか、ハラハラする。

「よし。再開」

渚があらためて包丁を握った。切り口から数ミリメートルのところに刃を当て、慎重に切っていく。

「あ、やっぱりダメだ」

途中から刃の角度が変わり、下の方が厚くなっている。

「どれどれ」長江が立ち上がった。包丁を受け取って刃を入れる。この男は器用だからうまくいくだろうと思ったけれど、結果は妻と同じだった。持ってきた責任でと健太も試みるが、長江夫妻と同じ道を辿《たど》った。わたしに至っては、健太でダメだったら自分にできるはずがないと、はじめから白旗を揚げている。

「やっぱり、レストランみたいにはいかないものですね」

健太が困った顔をした。長江もうなずく。

「プロが専用のナイフを使って切ってるんでしょうね。肉が柔らかいのもいけない。もっと硬ければ切れるんでしょうけど、今から凍らせるわけにもいかないし」

「まあ、いいじゃんか」わたしが割って入った。「逆に考えれば、外では薄いものしか食べられないってことじゃない。家庭だからこそ食べられる厚切りってことで。得した気分でしょ」

「まったく」渚が呆《あき》れ果てたように言う。「夏美は相変わらず能天気だ」

「ポジティブって言ってよ」

「違いない――じゃあ、気にせずガシガシ切るか」

反対の声は上がらず、渚が残りの肉を大胆にカットした。大きめの皿に広げる。

健太がクーラーボックスからローストビーフソースとホースラディッシュのチューブを取り出した。

「ソースは、直接かけましょうか」

「いいですよ」

かけ過ぎないよう丁寧にソースを回しかけ、皿の縁《ふち》にホースラディッシュを絞《しぼ》り出す。

ローストビーフという優雅な名前とはかけ離れた、蛮族《ばんぞく》の饗宴《きょうえん》のような絵面《えづら》になってしまった。

「じゃあ、ワインを取ってくる」

「手伝うよ」

わたしは腰を浮かせた。いくらこちらが招待された立場とはいえ、さすがに忙しくさせすぎだ。

しかし渚は掌《てのひら》をこちらに向けた。「いいから、座ってて。たいした手間でもないし」

そう言われてしまっては、どうしようもない。アメリカで知人を招いたときには、こんな感じだったのだろうか。なんとなくだけれど、アメリカでは友人知人を招いたホームパーティーをしょっちゅうやっているイメージがある。

ビールの空《あ》き瓶とグラスを持って、渚がキッチンに向かった。今度は赤ワインのボトルとワイングラスを四つトレイに載せて戻ってくる。

健太が渚からワインのボトルを受け取って、ラベルを眺めた。

「カリフォルニアワインですね。ナパ・バレーと書いてあります」

渚が嬉《うれ》しそうに笑った。

「向こうで買って持って帰ってきたわけじゃありませんけど、向こうで見つけたブランドです。ジンファンデルっていう、カリフォルニアで多く栽培されているぶどうを使っています。おいしいですよ」

渚がソムリエナイフで開栓する。四つのワイングラスに丁寧に注いだ。「はい」

四人の大人がワイングラスを掲げた。子供二人は麦茶だ。「あらためて、乾杯」

箸で厚切りのローストビーフを取る。ひとくちで全部放り込むには大きすぎるから、半分に嚙《か》みちぎった。ますます蛮族だ。

しっかりとした歯ごたえ。嚙む度《たび》に、肉の味がダイレクトに感じられる。焼肉やステーキとはまた違った肉の味わい方だと思う。肉を飲み込んで、赤ワインを口に含む。いったいどれだけのぶどうを使ったんだと思うくらい、果汁感が高い。牛肉の味に負けない力強さが感じられた。うん。これは合う。

「おいしいですね」

渚が自らに対してうなずくように言った。酒と肴に関しては嘘《うそ》のつけない人間だから、本音なのだろう。

「もうちょっとスパイスとニンニクを利《き》かせると、もっとよくなりそうな気もしますけど、子供も食べるからですか?」

「わかりますか」健太が首肯《しゆこう》した。「下味は、ほぼ塩だけでつけています。辛《から》かったり臭かったりすると、子供が食べられなくなるので」

うんうんと渚がうなずく。そしてわたしを見た。

「ほんと、いい旦那《だんな》を捕まえたな」

「でしょ」と、ぬけぬけと答える。ムキになって否定するのを予想していた渚が、鼻白《はなじろ》んだようにのけぞった。ふふん。そう簡単に、思いどおりにはならないぞ。

「でも、薄く切れなかったのは予想外でした」

健太が申し訳なさそうな顔になる。「うまく焼くことばかり考えていて、焼いた後のことまでは気が回りませんでした」

「まあ、ローストビーフに限らず、料理は調理するところがいちばん大事ですからね。そこさえ乗り切ってしまえばと考えるのも、無理はありません」

「山をひとつ越えたら、もうひとつ山があったってところですかね」

長江と渚が、それぞれフォローしてくれる。といっても、好評なのだから深刻なミスではない。切れなかったら大問題だけれど、切ることはできているのだ。上手に切れなかっただけで——そう思ったとき、何かが脳を走り抜けた。過去のことを思い出したときの感触。何だろうと思ったら、自分が何を思い出したのかを認識できた。

「そういえば、似たようなことがあったな」

突然のわたしの発言に、大人たちの視線が一斉に集まる。

「いやね。以前、知り合いが同じような失敗をした話を思い出したんだ」

「っていうと？」

興味を惹かれたらしい渚が乗ってきた。わたしは夫に視線を向ける。

「田野井《たのい》さんって、憶《おぼ》えてる？　幼稚園の年長組で同じクラスだった」

健太が宙を睨んで記憶を探る。

「ああ。旦那さんが細面《ほそおもて》で、奥さんが面長《おもなが》の田野井さん。娘さんは、確か夏奈《なつな》ちゃんっていったっけ」

さすがの記憶力だ。

「そう。その田野井さん一家。大の幼稚園時代の話なんだけど、わりと近くに住んでいた田野井パパの上司が引っ越すことになって、色々と持ち物を処分したいから、欲しいものがあったら持っていってって言われたらしいの」

「気前のいい上司だな」渚がコメントする。「もっとも、引っ越すタイミングで色々なものを新調したいから、古いものを部下に押しつけたかっただけかもしれないけど」

「そんなところだろうね。それで、要《い》らないもののリストに、電動マッサージ椅子《いす》があったんだって」

「ほう」今度は長江が反応した。「欲しいな」

「この家のどこに、そんなもの置くスペースがあるんだよ。アメリカの家と違って、狭いんだぞ」

渚が冷たく言って、先を促《うなが》してくる。

「ほら、電動マッサージ椅子って、あんたが言ったように嵩張《かさば》るでしょ。値段だって安くないし。欲しいと思っても、なかなか買えるものじゃないよね。それに必要性からいっても、他の家電と比べると、優先順位は高くない。耐えがたい肩こりと腰痛に悩まされていないかぎり」

「そりゃ、そうだ」

「田野井パパも、あったらいいと思ってたけど、本格的に購入を検討するには至っていなかった。そんなものを無料《ただ》でくれるっていうんだよ。まあ、さすがに無料っていうくらいだから、あんたが指摘したとおり年代物だったらしいけどね。ほら、温泉旅館とかに置いてある、マッサージするアームが背もたれからにょきっと出ているやつがあるでしょ。あんな感じの機械」

「ああ、確かに昔のマッサージ椅子はそんな感じだったね」健太が懐《なつ》かしそうな顔をする。「油断すると首を絞められそうなやつだな。最近のは、マッサージする部分――揉《も》み玉っていったかな――が本体内部に収納されていて、危ない構造にはなってないらしいけど」

「そう。でも、古かろうが新しかろうが、マッサージできればいいんだし。実際、その家で試させてもらったら、なかなか具合がいい。夫婦揃《そろ》って肩こりに悩まされてたから、渡りに船。だから田野井パパが、その場で引き取ることに即決したんだ」

　渚が周囲を見回した。

「ってことは、田野井家には置くスペースがあったわけだ」

「うん。当時は3LDKのマンションを買ったばかりでね。子供が大きくなる前だったから、スペースは問題なかった。手狭《てぜま》になったら、そのとき考えればいいってことで、もらうことにした」

「それでも、大きくて重いだろう」健太が口を挟んできた。「どうやって運んだんだ？業者に頼んだら、結構な費用がかかりそうな気がする」

「そう。田野井パパもそれが最大の問題だと思ってた。せっかく無料でもらったのに、運搬にお金をかけるのはもったいないしね。田野井ママの同僚が大型のミニバンを持っていたから、それを借りてマンションまで運んだ。マンションに着いたら、これまた借り物の台車に載せ替えて、エレベーターで部屋まで運んだんだ」

「ははーん」

察しのいい渚がニヤリと笑った。「玄関から入らなかったか」

「ご明察」わたしは人差し指を立てた。「最新機種ならある程度コンパクトになってるんだろうけど、古い機種だったから、新築マンションの玄関を越えるサイズだったわけだ。といっても、今まで家の中にあったものだから、まさか玄関をくぐらないとは思わない。田野井パパは、運搬のことばかり気にして、その後の搬入までは気が回らなかったんだ」

「焼くことばかりに気を取られて、切ることにまで気が回らなかったローストビーフみたいに」

渚が言い添えた。まさしく、そのとおり。健太が頭を掻いた。

「ごちそうさま」

大と咲ちゃんが食べ終わった。環境がいつもと違って高揚しているのか、二人とも残さず全部食べている。

「じゃあ、また咲ちゃんと遊んでくるね」

「待って。手と口を拭《ふ》いて」

すかさず渚がウェットティッシュのケースをよこしてくる。一枚抜き取って拭いてやる。渚も咲ちゃんの口元を拭《ぬぐ》ってやっていた。子供たちはまたロボットのある場所に戻っていった。

「それで、どうしたの？」

「ここでの選択肢はふたつ。ひとつは、家に入らないからと、元の持ち主に返す。もうひとつは、なんとかして部屋に入れる」

「部屋に入れるって」健太が目をぱちくりさせる。「どうやって？」

「まず考えられるのは、窓から入れることですね」

渚が言った。「廊下に面した窓から入れられなかったのかな」

わたしは首を振る。

「残念ながら、廊下に面した窓には格子《こうし》が取り付けられてたんだ。マッサージ椅子どころか、人の頭すらも入れられなかった。防犯上、しかたがないよね」

「エレベーターで部屋まで運んだってことは、外側の窓から入れるのも難しいか」

「確か、七階だった。外から入れるにはクレーンが必要だね。いったい、いくらかかるのやら」

「ってことは、あきらめて返すしかないか」

我が夫ながら、割り切りのいい科白だ。わたしは笑顔を作った。

「ところが、田野井パパはあきらめなかった。ずいぶん悩んだ挙《あ》げ句《く》、分解して小さくして家に入れて、リビングで組み立て直せばいいことに思い至った。分解っていってもバラバラにするんじゃなくて、玄関をくぐれる程度に部品を外せばいいんだからね」

「なるほど」渚も笑顔を返す。面白がる表情だ。「うまくいったの？」

失敗を期待する口調だ。それでは、期待に応《こた》えてあげよう。

「部品の取り外しはできたんだ。古い機種だから、椅子の横に角度調整用の大きなハンドルがついていて邪魔をしていた。それを外したら、なんとか玄関をくぐらせることができた。後は組み立て直すだけ。でも、田野井パパは元に戻せなかった」

「どうして？」健太が訝《いぶか》しげな顔をする。「ハンドルを外してつけ直すだけだろう？」

「ここも、古い機種だということが影響したみたい。留めてあったネジが固くなってて、外すときにネジ山を潰してしまったんだって。だから、再び留められなくなった」

「ネジなんて、ホームセンターに行けば同じサイズのものがいくらでも売ってるだろう」

自分ならそうすると言わんばかりに、健太が反論する。「それに、角度調整用のハンドルだろう？　仮になかったとしても、マッサージそのものはできるじゃないか」

「ところが、そうは問屋が卸《おろ》さなかった」夫の主張を叩き潰すようで申し訳ないけれど、わたしは首を振った。「さっき、ネジが固かったって言ったでしょ。無理に外したときに変な力がかかったのか、中から『メキッ』と嫌な音がしたんだって。プラグをコンセントにつないでスイッチを入れても、動かなかった」

「あらら」明らかに喜んでいる、渚の反応。「それで、修理を呼んだのか？」

「メーカーに電話はしたみたい。でも古い機種だから部品はもうないって、修理不可能宣言を受けてしまった。壊してしまっては、元の持ち主に返すわけにもいかない。大きくて重いものだから、不燃物の日にゴミとして出すわけにもいかない。結局、粗大ゴミとして回収料金を払って引き取ってもらって、ジ・エンド」

「それは、ご愁傷様《しゅうしょう》」渚の目が笑っている。「無料より高いものはないってのは、本当だな。得したはずが、粗大ゴミの回収料金を払う羽目になったんだから。しかも、手元には何も残らない。徒労感だけ」

「本当ですね」健太も同意する。「それに比べれば、ローストビーフが厚くなったくらいは許してもらいましょう」

一連の話を終わらせる科白だった。わたしも異存はない。他人の不幸は蜜《みつ》の味ではないけれど、久々の飲み会を盛り上げるバカ話としては、いい素材だった。

しかし、今まで黙っていた長江が口を開いた。

「田野井家には、何も残らなかった。渚の言うとおり」そんなことを言った。わたしに顔を向ける。「その後、田野井夫妻はどうしたんだろう」

唐突で意味不明な質問だ。「どうしたって？」

「電動マッサージ椅子だよ」長江が答える。「なんとなく欲しかったけれど買えなかったものが、手に入ることになった。でも、結果的に手に入らなかった。余計な出費だけを残して。そんな状態での考え方は、ふたつある。ひとつは、電動マッサージ椅子なんてこりごりだと、忘れてしまう。もうひとつは、手に入りかけた経験が呼び水となって、新品を買ってしまう。田野井夫妻は、どちらを選んだんだろう」

そのことか。

「買ってるよ。卒園間際に遊びに行ったとき、部屋に電動マッサージ椅子があったんだ。周りに持ってる人がいなかったから話題にしたら、今の話をされたんだよ。田野井パパは気取らない人だから、自分の失敗談を面白おかしく話してくれた」

「そうか」長江が短く言った。やっぱり、という響きがある。そのとおりだ。手に入らないどころか、捨てるためのお金まで使っている。ギャンブルのようだけれど、最初の投資を無駄にしないためにも、さらに投資を重ねて結果を得ようとしても不思議はない。

そう納得しかけたけれど、その後に続いた長江の科白は、意外なものだった。

「田野井ママの作戦勝ちだね」

リビングに沈黙が落ちた。いや、正確には沈黙はない。ロボットのモーター音と、大と咲ちゃんのはしゃぐ声が聞こえている。しかし大人たちは言葉をなくして、ただ黙っていた。

「――揚子江《ようすこう》」渚が低い声で言った。「どういうこと？」

結婚してもまだ、気に入らないときに長江のことを揚子江と呼んでいるのか。自分も揚子江のくせに。

「どうもこうも」長江は当たり前のように答える。「若干《じゃっかん》幸運が味方したにせよ、田野井ママは自分の望む結果を得た。そういうことだよ」

「意味、わかんないよ」

渚が唇を尖《とが》らせた。長江がそんな妻を優しいまなざしで見つめる。そうそう。こんなふうに自分にくってかかる女性に、長江は惹かれたんだった。

それはともかくとして、わたしにも意味がわからない。田野井家の電動マッサージ椅子搬入計画は、見事に頓挫《とんざ》した。作戦勝ちも望む結果もないだろう。わたしがそう指摘すると、長江は素直にうなずいた。

「そのとおりだ。しかも、俺は田野井夫妻のことも、その上司のことも知らない。だから想像するしかないんだけど、話を聞くかぎりでは、引っかかることがあったんだ」

「っていうと？」

「ミニバンだよ」

「えっ？」

長江の答えを理解できなかったけれど、次の瞬間には、電動マッサージ椅子を運んだミニバンのことだと気がついた。

「大きなものだから、大きな車で運ぶ。それ自体は当然の考えだ。でも、電器店で大きなものを買って配達してもらうときは、トラックが使われるだろう。一方、ミニバンは基本的に人間を乗せるものだ。後部座席を折りたたんで自転車を載せることは想定していても、大型の家電については、載るかどうかわからない。田野井夫妻は、どうして借りたミニバンに電動マッサージ椅子が載ると思ったんだろうか」

「それは」渚が答える。「寸法を測って……」

「そうだと思う」長江は妻の説に賛成した。「上司の家の玄関から入ったんだから、自分の家の玄関から入らないはずがない。そう思い込むのはいいんだ。ごく普通の発想だから。でも、運ぶときはそう考えない。運搬が最大の問題だっていう意識があったんだろう？　寸法を測ってしかるべきだと思う。ミニバンは田野井ママの同僚から借りたっていう話だった。すると、会社でこんな会話が為《な》されたんじゃないのかな。『このくらいのサイズのものって、あなたの車に載りそう?』、『うん、それくらいなら載るよ』、『じゃあ、今度の週末、貸してくれない?』、『いいよ』――」

「いい線だね」わたしはコメントしたけれど、長江の真意はわかっていない。先を促した。

「運搬するために、寸法を測った。寸法がわかったら、次に考えることは何だろう。田野井家のマンションは、子供がまだ小さいからスペースに余裕があったということだった。でも、置けるという事実だけでは、問題は解決しない。どこに置くかも重要になる。部屋のレイアウトを考える上でも、寸法が必要になる。巻き尺を床に伸ばして、どれだけスペースを取るかを吟味《ぎんみ》したはずだ。部屋の中でそれだけ寸法を気にしていたら、さすがに玄関の幅に思い至るんじゃないか。そんなふうに思った」

「で、でも」健太がつっかえながら反論する。「現実に田野井夫妻は玄関前まで運んでいます。それは、玄関を通らない可能性に気づかなかったからじゃないでしょうか」

「そのとおりですね」長江はまたもやあっさりと肯定した。「ですから、ここで発想が飛躍します。夫婦揃って気づいたのなら、運ぶ前にやめます。でも、気づいたのが片方だけで、そのことを相方に言わなかったのなら、実際に運んでしまうのではないかと」

「確かに飛躍だな」渚が重々しくコメントする。「それに何の意味があるのか、よくわからない。それで、揚子江の見立てでは、どっちが気づいたんだ？　パパか、ママか」

「ママだろうね」長江が断言した。「気づいた後、田野井パパは、ずいぶんと悩んだ結果、部品を取り外して入れることを思いついた。パパがはじめから気づいていたのなら、すぐさま『よし、部品を外して小さくしよう』と言うはずだから」

「わかんないな」渚が渋面《じゅうめん》を作った。「田野井ママは電動マッサージ椅子が玄関から入らないことを、前もって知っていた。それなのにわざわざミニバンを借りてまで玄関先に運んで、旦那に苦労させた。何のために、そんなことをしたんだ？」

「少なくとも、俺は田野井家の夫婦仲は疑ってないよ」

　長江はおどけたように言った。「むしろ、旦那さんのことを気遣ってやったことだと思う」

「ますます、わからん」

「じゃあ、もう少し訳のわからない話をしよう。俺は、こう考えている。田野井ママは、電動マッサージ椅子をもらわなければならなかった。けれど、もらうわけにはいかなかった」

　さすがに渚が絶句した。渚だけではない。わたしも健太も気の利いた返事ができなかった。しばらく沈黙した後、ようやく言葉が出てきた。

「長江くん、アメリカに行って変になっちゃった?」

妻が代わって答える。「変なのは、アメリカに行く前からだよ」

「それは同意するけどさ。ちゃんと説明してくれる?」

長江が真面目《まじめ》な顔でうなずいた。

「うん。まずは、この失敗談の導入部分を整理しよう。田野井夫妻は揃って肩こりに悩まされていた。そこに田野井パパの上司から、古い電動マッサージ椅子をもらわないかと打診があった。使ってみると具合がいいから、その場で引き取ることに即決した。そうだったね」

記憶を辿る。長江のまとめに間違いはない。

「この前提条件で重要なのは、『上司』と『即決』のふたつだ。これって、言ってみれば田野井パパが上司に向かって『不要品は、僕が責任を持って引き受けます』と宣言したのと一緒じゃないか?」

必死になって頭を整理する。流れをざっくりとまとめたら、長江の言うとおりになる。

「……そうね」

「上司がどんな性格なのか知らないけれど、部下が大見得切った以上、どんな理由であれ『やっぱり、要りません』とは言えないんじゃないのか? その後の会社での、自分の立場を考えれば。まあ、国の研究機関と大学しか知らない俺が言っても、説得力ないけど」

「合ってます」

会社員である健太が保証したから、長江は話を進める。

「さっき、玄関から入らないことに気づいたのはママの方だと言った。奥さんなら、なおのこと言えないと思う。引き取ると宣言した後、家に入らないからやっぱり引き取れませんなんて、旦那に言わせられるわけがない。それは『自分は無能な人間です』とアピールさせるのと同じだから。即決した時点で、田野井夫妻には、古い電動マッサージ椅子をもらわないという選択肢はなくなったんだ」

会社員の身としては、ものすごく納得できる心理だ。仮に健太が同じ状況に陥ったら、わたしももらうしかないと考えるだろう。納得できる説明だけれど、他の疑問も浮かんでくる。わたしはそれを口にした。

「引き取ったところで、捨てるしかない粗大ゴミ。奥さんには、それがわかっていた。それなら、どうして旦那に言わなかったの？　ミニバンを借りて上司の家を辞するまではいいよ。でもその後に、旦那に真実を告げて、玄関前まで持っていくことなく、どうやって捨てるかを相談すると思うんだけど」

「そのとおりだと思うよ」

長江はまったく動揺することなく答えた。

「でも、もうひとつの前提条件を思い出してみよう。田野井家は、夫婦揃って肩こりに悩まされていた。奥さんも、電動マッサージ椅子が欲しかったんだ。でも、田野井家はマンションを買ったばかり。ローンの返済もあるから、出費には慎重にならざるを得ない。だから、安易に無料でもらったものを捨てて、新品を買おうとも言いだしづらい。加えて、奥さんには上司からもらった電動マッサージ椅子を使ってはいけない理由があった」

「さっき言っていた、もらうわけにはいかなかったってやつね。どうして？　年代物とはいえ、肩を揉んでくれるんでしょ？」

「揉んでくれるね、確かに」

そう言って長江は、子供たちに視線を向けた。咲ちゃんは、嬉々《きき》としてリモコンロボットのコントローラーを握っていた。対象年齢が自分よりも上の機器の。

「あぁっ！」

突然、健太が大声を出した。子供たちが驚いてこちらを見る。健太はかまわず話を続けた。

「こういうことですか？　古い電動マッサージ椅子は、アームが剝き出しになっている。下手をしたら、首を絞められそうな。一方、田野井家には、幼稚園児がいる――」

「そういうことです」長江が満足そうにうなずいた。「昔ならいざ知らず、現代の感覚では、小さな子供のいる家に旧式の電動マッサージ椅子なんて、危なくて置けるはずがない。奥さんとしては、絶対に防がなければならなかった」

「でも、旦那には言えなかった……」

渚が後を引き取る。「旦那が上司に向かって、言い方はともかく『娘の首を絞める心配があるから、引き取れません』といった意味のことを言ったら、どうなるのか。上司は、俺がお前の娘を殺そうとしていると考えているのかと激昂《げきこう》する心配がある。そこまで極端でなくても、自分の好意を無にされると、人間誰しも嫌な気持ちになる。旦那の会社員生活のためにも、旦那が気づいていないのなら、そのままにしておいた方がいい」

「奥さんは、そう考えたんだと思う」長江が話を進める。

「だから、奥さんの採るべき方法は、玄関から入らないことを旦那に確認させて、そのまま捨てることだったんだ。本来上司が負担すべき粗大ゴミ処理費用は自分持ちになるけれど、出世のための必要経費と割り切ったのかもしれない。そう考えると、旦那が部品を取り外してまで家に入れようとしたのは、誤算だったと思う。でも万が一成功したとしたら、そのときは真実を話して捨てる方向に話を持っていっただろうね。結果としては田井パパが壊してしまって、奥さんがどうこう言う前に捨てるしかなくなった。幸運が味方したってのは、それだ。真実を話せば、夫は会社での自分の立場を護るために娘を危険な目に遭《あ》わせようとしたと思って、落ち込むだろうから」

「でも、肩こりは残った」渚がまとめに入った。

「中途半端に夢を見たせいで、奥さんも、どうしても電動マッサージ椅子が欲しくなった。夏奈ちゃんに危害を加えない最新機種を。田野井ママは会社での旦那を護り、娘を護り、さらには自分の肩こりも解消できる方策を思いついた。それが、電動マッサージ椅子が玄関から入らないという事実を黙っていること」

渚が口を閉ざすと、三度沈黙が落ちた。

わたしはといえば、ただ驚くばかりだった。訪問時に見た電動マッサージ椅子。あれに、そんな思惑が隠れていたなんて。確かに、失敗談を話してくれたのは田野井パパの方だ。裏の事情を知っているママだったら、単に「肩こりがひどいから買ったの」で済ませていただろう。経緯を説明することで、夫が気づいてしまう心配があるから。

わたしは知人の思惑に驚くと同時に、長江の頭脳についてもあらためて驚嘆していた。この男は、昔から誰も気づかなかった小さな違和感を拾い上げて、そこから真実を見つけだすのが得意だった。十年以上経《た》っても、それは変わらない。いや、ますます磨かれたのかもしれない。さすがは学生時代に「悪魔に魂を売って頭脳を買った」といわれただけのことはある。

「いいんじゃないかな」

長江が口を開いた。「田野井家に子供ができたのが結婚何年目か知らないけど、子供が年長組に上がる頃ってのは、必要な家具や家電はたいてい揃ってる。しかも、買い換えまではまだ時間もある。マンションのローンがあるとしても、ボーナスの使い道は意外とないものだ。共働きみたいだしね。だったら、電動マッサージ椅子のひとつやふたつ、買っても誰も責めない」

長江は手を伸ばして、厚切りのローストビーフを箸でつまんだ。豪快に嚙みちぎる。

「奥さんは、いい選択をしたと思うよ」

一日ずれる
吟香
鳥海
とりかい
Ryu.

「ほほう」

我が家に一歩足を踏み入れたところで、長江渚が変てこな声を上げた。「ここが、冬木家か」

「散らかしてるけど、気にしないで」

わたし――冬木夏美が長江一家を招き入れた。ダイニングテーブルでは、夫の健太が食器を並べている。「いらっしゃい」

「お邪魔します」

長江高明が小さく会釈《えしゃく》した。後ろについている小さな影は、一人娘の咲ちゃんだ。父親の手伝いをしていた息子の大が手を止めて近づいてくる。「こんにちは」

同世代の子供が現れて、咲ちゃんも表情を緩《ゆる》める。「こんにちは」

わたしは息子に声をかける。

「大。ごはんまで、二人で遊んでて。ジュースと、ちょっとならお菓子を食べていいから」

「わかった」

こっち、と大が咲ちゃんをリビングルームの奥、窓際に案内する。そこには大きめな書棚が設置されており、ずらりとマンガが並んでいた。

「こりゃ、壮観ですね」

長江が感心した声を出した。健太が頭を掻《か》く。

「うちは、夫婦揃《そろ》って好きなもので。影響を受けて、大も読んでます」

書棚の脇に折りたたみ式のテーブルを広げてある。そこにペットボトルのグレープジュースと、小分けにされた柿の種が置かれていた。

「柿の種」渚が沈痛な面持《おもも》ちで頭を振った。「酒飲みの英才教育か」

「小分けされてたのが、たまたま柿の種しかなかったの」

本当のことを言ったけれど、夫婦揃って笑うばかりだ。といっても娘を止めるわけでもなく、咲ちゃんは大が開封した柿の種をポリポリと食べていた。そして低い位置の棚からマンガの単行本を抜き出して、読み始める。大は大で、別の単行本を読み始めた。せっかくの再会なのに、会話もなしでマンガを読んでいる。あまりいいことではない気もするけれど、子供がこれだけのマンガを前にして、読まないわけがない。

「じゃあ、大人は大人で楽しむとしましょう」

健太が客人を席に着かせる。まずはビールで乾杯ということで、缶ビールを開栓して四つのグラスに注《つ》ぎ分けた。

わたしと長江夫妻は、大学時代からの友人だ。妙にウマが合ったのか、学生時代から一緒に飲む機会が多く、卒業して就職してからも、声を掛け合って飲んでいた。わたしが結婚してからは健太も加わり、四人で楽しい時間を過ごしていたのだ。長江がアメリカに職を得て離日してからは途切れていたけれど、向こうで生まれた咲ちゃんを連れて帰国したから、かつての飲み会を再開したわけだ。

「そういえば」

ひたすらマンガを読みふける子供たちを見ながら、わたしが言った。

「咲ちゃんって、アメリカで生まれたんだよね。どうして咲って名付けたの？　あんまり、アメリカっぽくないけど」

「まさか」健太が身を乗り出した。「作家のサキから採ったわけじゃないですよね」

突然、妙な角度から話が振られてきた。「サキって？」

「サキってのは、英国の小説家だよ。短編の切れ味が良くて、英語圏ではO・ヘンリーと並び称される作家だ」

　O・ヘンリーなら知っている。

「そうなんだ」

「長江さんなら、サキが好きそうだから、つい連想してしまった」

　健太が長江の目を覗《のぞ》きこんだ。

「いえ、さすがに違います」

　否定しながらも、長江は嬉《うれ》しそうだ。わざわざ「さすがに」と言い添えるからには、健太の見立てどおり、サキの小説が好きなのだろう。

「実は、家内の母が咲恵《さきえ》って名前でして。母方の祖母の名前から一字採って『咲』にしたんですよ。義母は『咲子がいいんじゃないか』って言ってたんですけど、最近『子』をつけるのは少数派なので、単純に『咲』にしました」

「それだけか？」渚が夫の腕をつねった。「もっと恥ずかしい話も、ちゃんとすること」

　何のことかわからなかったけれど、長江には通じたようだ。長江が困ったように笑った。

「ほら、向こうにはセカンドネームってのがあるでしょう。咲が生まれたときに、病院のスタッフから訊《き》かれたんですよ。セカンドネームは何にするんだって」

なるほど。欧米の名前には、よくセカンドネームが登場する。しかし知り合いに欧米人がいないので、セカンドネームを持っている人もいない。歴史上の人物くらいしか思い当たらない。

長江が指先で頰《ほお》を掻いた。

「いきなり訊かれても、答えようがないですよね。真っ先に浮かんだのが、欧米ではよく、子供に親の名前をつけるということです。でもナギサってのは、向こうでは発音しにくい。どうしようかと思ったときに、浮かんだのが、僕の母が尚美《なおみ》って名前だったことです。ナオミは欧米でもよくある名前ですから、つい『ナオミにします』って言っちゃったんです。嫁の確認も取らずに」

「というわけで」咲ちゃんの母親が勝ち誇ったように笑った。「咲はアメリカでは、サキ・ナオミ・ナガエって名前なんだ。両方のおばあさんから名前をもらって、ありがたいことだ」

口は悪いけれど、渚は純粋でまっすぐな性格だ。素直に母親への感謝から、名前を一字いただいたのだろう。長江も同じだ。両親の愛情と感謝の念が、女の子の名前に詰まっている。

「なんだ」健太が安心したように言った。「うちと同じじゃないですか」

長江が瞬《まばた》きした。「っていうと？」

健太はマンガを読みふける息子に視線を投げた。「大って名前も、おじいちゃんから採ったんです」

「旦那《だんな》は、男の子が生まれたら、どうしても父親にあやかった名前をつけたいって言ってたんだ。結婚の条件がそれだったんだから、マジだよ」

健太が頭を掻いた。「若い頃は反発もしましたけど、大人になって自分で稼ぐようになってみると、やっぱり父には感謝しかありません。父の名前が大介《だいすけ》だったんで、息子はどんな名前にしようかって夏美と散々考えたんですけど、単純に大にしました」

「うちよりは能動的じゃありませんか」

渚が感心したような声を出す。「いい話だ」

そんな話をしているうちに、ビールが空《あ》いた。グラス一杯のビールは、簡単に飲み干してしまう。けれどわたしも健太も、追加のビールを取りに行こうとはしなかった。別にビールが嫌いなわけではない。今日の主題は、別にあるからだ。

わたしたちの飲み会は、肴《さかな》をベースに設定される。何かの弾みで手に入れた、あるいは作ろうと思った肴から、それに合う酒を選ぶという順番になる。今日の肴は、ビールが最高の相棒ではないというわけだ。

「持ってきたよ」

長江が足元に置いたクーラーボックスを開けた。中から、タッパーウェアをふたつ取り出す。ふたの色が違う。ひとつが青で、もうひとつが赤だ。

わたしはキッチンに入って、小皿とグラスを人数分、それから氷を用意した。健太は戸棚から四合瓶を持ってくる。

「こんな感じ」

長江が青い方のふたを開けた。中には、白っぽいペースト状のものが入っていた。ところどころに、ピンク色の影が交じっている。

「サーモンの酒粕《さけかす》漬けだよ」

これが、メールで言っていたやつか。ということは、この白っぽいペーストが、酒粕なのだろう。取り箸《ばし》でサーモンを取り出して小皿に載せる。小皿を健太に渡して、自分用にもうひと切れ取った。取り箸を渚に渡して、渚も夫婦でひと切れずつ取り出す。

「じゃあ、こちらも」

健太が四合瓶を手に取った。半透明のボトルに、白いラベルが貼られている。ラベルには、筆でシンプルな鳥のイラストが描かれていた。鳥のイラストが、そのまま商品名のロゴになっている。

「リクエストの米焼酎《こめじょうちゅう》です」

言いながら封を切った。わたしが四つのグラスに氷を入れ、健太が米焼酎を注ぐ。ロックで長江夫妻に手渡した。

サーモンについた酒粕を取り除く。

「じゃあ、味見を」

宣言して、サーモンを口に入れた。最初に、酒粕の香りと、ほんのりした塩味が感じられる。嚙《か》むと、サーモン独特の旨味《うまみ》が口の中に広がった。

そこに米焼酎を飲む。上質な米焼酎はクセがなく、まるでドライな吟醸酒《ぎんじょうしゅ》といった味わいがある。原料が同じだから、酒粕との相性は抜群だ。サーモンの脂《あぶら》が持つくどさを綺麗《きれい》に洗い流してくれて、口中にさっぱりした後味が残った。

「うん。おいしい」

素直に言った。健太も「これはいいですね」とコメントする。「どうやって作るんですか？」

「実は、簡単なんですよ」米焼酎のグラスを置いて、長江が答える。「酒粕と塩麴《しおこうじ》と日本酒を泡立て器で混ぜてペースト状にして、刺身用のサーモンを切って入れるだけです」

「そんなに簡単に」わたしは夫に顔を向けた。「うちでも、やってみよう」

言いながら、取り箸に手を伸ばした。しかしそこに渚の声が飛んだ。「ちょっと待って」

反射的に手が止まる。「どうしたの?」

「こっちも試してみて」

不気味な笑みを浮かべながら、渚が赤いふたの方を開けた。「ほら」

見た目は青い方と変わらない。それでも念のため別の取り箸を用意して、同じように小皿に取る。口に運んだ。

「おや」

つい、そんな声が漏れてしまった。先ほどの青いふたの方よりも、しっかり塩味がついている。

「でしょ」渚が身を乗り出す。「どっちが好き?」

わたしは赤いふたを指さした。

「赤い方かなあ。いかにも、『漬かっている』という感じがしたし」

「僕は、青い方ですね」健太が腕組みして答えた。「このくらいほんのりした方が、サーモンの味も米焼酎の味もしっかり味わえる気がします」

「うわあっ」渚が頭を抱えた。「男どもって、どうして……」

健太が目を丸くした。「何なんですか?」

戸惑《とまど》ったように長江を見る。長江が苦笑しながら、解説してくれた。
「実は、漬け込む時間が違ってるんですよ。青い方がひと晩、赤い方がふた晩漬けていま
す」
健太が丸くした目を、今度はぱちくりさせた。「わざわざ、ふた通り作ってきたんです
か」
「いえね」長江が青い方を取って口に入れた。「僕はこのくらいあっさりした方が好きな
んですが、うちのは、しっかり味をつけたいと言う。ですから一日目で僕が自分の分を取
って、翌日うちのが食べるんですよ。そうしたら、いつも僕が先に食べることになって狡《ずる》
いって言うもんだから、じゃあ冬木家の意見を聞こうって話になったんです」
「なるほど」健太が目を戻した。「それで、うちでも同じ結果になったってわけですか」
「間違ってる」渚が渋面《じゅうめん》を作った。「普通は男が子供舌だから、塩気の強い方を好むはず
でしょう。それなのに、この男どもときたら……」
しまった。健太に先に言わせて、わたしも青いふたを選んだ方が面白かったのに。しか
し残念ながら、赤いふたの方と宣言してしまった後だ。事実、しっかり味がついた方がお
いしいと思ったし。子供舌なのは、違いないし。
「でも、長江さんが先に食べる日には、奥さんは何を食べてるんですか？」

健太の質問に、渚が真面目《まじめ》な顔で答える。

「ごく軽いものを。さきいかとか、エイヒレとか」

「翌日の長江さんも、同様ですか」

「そうです」

わざわざ別の肴を調理しないで、乾き物で済ませている。それだけサーモンの酒粕漬けを重要視しているということなのだろう。

「それにしても、さすがは長江家だね」

わたしが言うと、夫婦揃って変な顔をした。意味がわからないと。わたしは解説する。

「だって、結局長江氏は嫁のためにもう一日待たずに、自分がもっともおいしいと思えるタイミングで食べちゃうわけでしょ。長江嫁だって、旦那が食べてるのをじっと我慢して、最高のタイミングまで待つわけだから」

「うちは、お互いの判断を尊重しているんだよ」

しれっと長江が答えた。まったく迷いがない。

片方が一日後に行動する。夫婦なのに一見変なようだけれど、合理的ではある。

――と。

ふと、記憶が甦《よみがえ》ってきた。行動が一日ずれる話を、どこかで聞いたことがある。気づいた瞬間、思い出していた。

「ああ、そうか」

突然の発言だったから、大人たちの視線がこちらに集中した。

「いやね。以前、一日ずれて行動する双子ちゃんの話を、聞いたことがあるんだ」

「一日ずれる双子ちゃん」渚が繰り返す。「っていうと？」

わたしはリビングルームの奥でマンガを読みふけっている息子に視線を向けた。

「大が通ってる小学校は、六年生が一年生の面倒を見るシステムなんだ。一人ずつ、ペアになってね。それで、大が入学したときのペアが、双子の片方だったというわけ。確か、日渡《ひわたり》香子《きようこ》ちゃんだったかな」

「違うよ」遠くから声が飛んできた。大がマンガから目を離さずに続ける。「僕のペアは桂子《けいこ》ちゃんの方。香子ちゃんはカッちゃんのペアだよ」

「そうだったっけ」大が一年生の頃のことだから、記憶が曖昧《あいまい》になっている。

「キョウコとケイコ」渚の目が光った。勘づいたようだ。「どんな字を書くんだ？」

「香車《きようしや》と桂馬《けいま》」

「やっぱり、そうか」想像どおりと言いたげに、渚が重々しくうなずく。「将棋《しようぎ》好きの親か」

「面と向かって訊いたことはないけど、そうじゃないかな。それはともかく、すごくしっかりした女の子でね。小学生とは思えないくらいだった」

「それは、一年生だった大くん目線だから、そう見えたんじゃないの?」

もっともな意見だけれど、わたしは首を振る。

「いやいや。参観日や運動会なんかで他の六年生も見てるけど、あの子たちのしっかり度合いは、際だってたんだよ。小学生とは思えないくらい落ち着いてたし。母親がいつもせかせかしているのとは、対照的に見えるくらいだった」

「そこは、親に似なかったか」言いかけて、渚は首を振る。「いや、父親に似たのかもしれないから、なんともいえないな」

「お父さんの方には、会ったことがないな」わたしは答える。「出張が多い仕事だとかで、参観日やPTAは、いつもお母さんが出てた。この人がいつも忙しそうにしてる人で、開始ギリギリの時間に来るし、会合が終わったら話をするでもなく、すぐに帰っちゃってたな。だから、余計に印象に残ってる。まあ、同学年でもないから、大切なのは親じゃなくて子供だけどね」

「そりゃそうだ」

「こっちは面倒を見てもらう側だから、ペアになる上級生は、しっかりしているに越したことはない。ずいぶん助かったよ。ペアは出席番号順で機械的に決められるから、運がよかった」

「でも、一日ずれる、と」

渚が話を進めた。「何が、どうずれるんだ?」

「習い事」わたしはそう答えたけれど、説明不足なのはわかっている。案の定、万事察しのいい長江夫妻も、よくわからないという顔をした。

「ご多分に漏れず、日渡家でも子供に習い事をさせてた。双子で成長度合いが同じだから、二人は同じ習い事をしてたんだ」

「双子とはいえ、好みがあるだろうに」渚が納得いかないというふうに言った。「わざわざ同じにしなくても」

「親が無理やり同じにしたわけじゃないって言ってたな」ぱたぱたと手を振る。「二人に対して『こんなのあるよ、どう?』って訊いたら、二人揃って『やりたい』って言ったらしいよ。体験入会とかで試してみて、それでも揃って始めたんだから、好みも似てる双子ちゃんだったのかもね」

「なるほど。そういえば、大くんは、何か習い事は?」

「学習塾の他は、サッカーと子供科学教室」

「あら」渚がマンガを読む子供たちに目を向けた。「うちも子供科学教室はやってるよ。あと、一応英会話」

「英会話って」健太が不思議そうな顔をした。「話せるでしょうに」

「だからですよ」渚が母親の顔で答えた。「向こうでは普通に話してましたけど、あの歳《とし》だと、確実に忘れますから。多少なりとも忘れないように、教室に通わせてるんですよ」

「なるほど」健太がこちらを見る。「うちも英会話教室に入れた方がいいのかな」と、その目が言っている。わたしは不要だと思うけれど、まあ、それは後で話し合おう。

「ともかく、双子ちゃんが習ってたのは、ピアノと水泳教室だった。ごく普通の選択だよね。でも、習わせ方が普通じゃなかった。二人一緒にじゃなくて、わざわざ曜日を変えてたんだ。正確な曜日とかは憶《おぼ》えてないからイメージだけど、ピアノだと香子ちゃんが月曜日で桂子ちゃんが火曜日、プールだと桂子ちゃんが水曜日で香子ちゃんが木曜日とか、そんな感じ」

「うーん」健太が腕組みした。「それって、クラスによって曜日が違ったんじゃないかな。水泳教室だと、生徒のレベルによってクラス分けがあるだろう。平泳ぎを始めるクラスとか、背泳ぎを始めるクラスとか。二人の上達度合いに差があったから、そうなっちゃったんじゃないかな」

そういえば、この話は夫にはしていなかった。まあ、食卓でするような話題でもないし、わたし自身が忘れていたくらいだし。

「いや、そうでもないんだよ。本人たちから直接聞いたわけじゃなくて又聞きなんだけど、レベルは同じだったんだって。同じコースを週に二回やってたから、そのスクールを選んだって話だった。それに、水泳はそれで説明できるかもしれないけど、ピアノは当てはまらないでしょ。あれは個人レッスンだから、レベルは関係ない」

「教室の場所はどうだったんだろうな」今度は渚が口を開いた。「歩いて行ける場所に、都合よく教室があるとは限らない。実際、うちも英会話教室は車で送ってる。自転車で行けないことはない距離なんだけど、まだ二年生だから、一人で行かせるのも怖いし、科学教室に至っては、電車で二十分だ」

これは簡単に答えられる。習い事の教室については、いろいろと調べたからだ。

「どっちも、車で送ってたらしいよ。水泳教室は、二つ先の駅前にあるスポーツジムだし、ピアノは最寄り駅近くだったけど家からは反対側になるから、ちょっと距離があった」

渚が不審そうに眉《まゆ》をひそめた。

「ってことは、一度に二人送り迎えした方が、合理的だな。お母さんがせかせかした人なら、なおのことだ。それなのに、どうして分けたんだろうな」

「それだけじゃないんだよ」

わたしは続ける。「二人とも学習塾に行っててね。地元の公立中学校は今ひとつ評判が良くないから、私立に行かせようとしたんだ。ところが、二人が違う塾に行ったんだよ。どちらも中学受験で有名な塾なんだけど、あえて別々」

「なんだ、そりゃ」渚が大声を出した。「夏美がそんなふうに言うからには、当然曜日も違ったんだろうな」

「そう。六年生だと週三日とからしいんだけど、香子ちゃんの塾が月水金で、桂子ちゃんの塾が火木土とか、そんな感じ」

「たぶん、その双子ちゃんは、成績も同じくらいだったんだろうな」

健太が先回りしてコメントした。成績が違うから、塾を変えざるを得なかったわけではないと言いたいのだろう。わたしはうなずく。

「うん。結局、二人とも公徳《こうとく》大学附属女子中学校に合格した。かなりレベルの高い学校だよ。ここら辺からだと通学も楽だし」

「そうなんだ」

あまり興味のなさそうな反応。大が男の子だから、女子校は対象外なのだ。その代わり、共学校と男子校は調べまくっている。

「想像してると思うけど、二人が通ったのは、どっちも大手の塾だった。大手はここの最寄り駅にはないからね。水泳教室をやってるスポーツジムと同じ駅にある。ほら、大が行ってる塾の近く」

塾や予備校は、同じエリアに集まる傾向にある。大が通っているのも中学受験で有名な進学塾で、双子がそれぞれ通っていた塾のすぐ近くにある。そう説明すると、健太は思いあたったようだ。

「ああ、あの宿題がバリバリ出るところと、熱血指導を売りにしてるところか。どっちも大には向いてないと思って選ばなかった」

「そう、あのふたつ。小学生の塾とはいえ、けっこう遅くまでやってるからね。うちと同様、車で送り迎えしてたと思うよ」

「それなら、なおのこと二人一緒に行動してほしいよな」

渚が宙を睨《にら》んだ。「どうして、わざわざ面倒くさいことをしたんだろう」

「不思議でしょ。ママ友の間では話題にしてたけど、本人が忙しそうにしてるから訊けなかったし、そうこうしてるうちに向こうが小学校を卒業しちゃったから、それっきりだね」

「連絡は取ってないのか」

「うん。地元の公立中学校に行ってるわけじゃないから、近所で見かけることもないし。運動会にOGとして遊びに来た記憶もない。今では完全に没交渉だね」

話し終えて、わたしは米焼酎を飲んだ。合間にサーモンの酒粕漬けをつまむ。赤いふたの方だ。長江家の傑作から、ずいぶん昔のことを思いだしたものだ。あの頃は小学校に上がったばかりで、我が家のことで精一杯だったから、他家のことまで気が回らなかった。でも今になって考えてみれば、不思議な話だ。だからどうだというわけではないのだけれど。

しかし飲み会の構成員たちは話を終わらせるつもりはなかったようだ。健太が渋い顔をした。

「一応訊くけど」

「何?」

「その双子同士の仲は、どうだったのかな。きょうだいってのは、すごく仲がいいこともあるし、けっこう仲が悪かったりすることもある。双子の場合、歳が同じだし顔も同じだ。比較の対象にもなるだろうし。普通のきょうだいよりもお互いを意識しそうな気がする」

「そうですね」渚が相づちを打つ。「顔が同じだから、何から何まで似せようとする双子もいるし、顔以外は全部違えようとする双子もいます」

健太は渚の補足に満足そうにうなずくと、あらためてわたしに顔を向けた。

「実は、双子ちゃんが仲が悪くて、母親が仕方なく分けたとか。案外、そんなオチなんじゃないのかな」

健太らしい、まっとうな解釈だ。まっとうなだけに、説得力がある。しかしわたしは首を振った。

「いや、仲が悪いってことはなかったと思う。参観日なんかで見かけたときも、休み時間には一緒に校庭で遊んでたし。習い事の曜日を分けるほどだったら、学校でも他の友だちと遊ぶでしょう。それに仲が悪かったら、わざわざ受験してまで同じ中学に行かないよ」

「それもそうか」健太は納得したように自説を引っ込めた。しかし渚が食い下がる。

「いや、仲が悪くなくても別々にしたいってことはある。双子だからお互いを意識するのは本当だろうし、仲が良ければ逆に優劣をつけられたくないと思うんじゃないかな。習い事でも塾でも、一緒に受けていれば、いくら同じ遺伝子を持っているとはいえ、どうしても差がついてしまう。二人の間に隙間《すきま》を作らないために、わざと別々にしたのかもしれない」

「そうかなあ」横から長江が反論した。「だったら、さっき夏美が言ったように、同じ中学には行かないと思うよ。東京には、同じくらいの偏差値の学校は山ほどある。もちろん校風とか教育方針とかで、その中学がベストだったのかもしれないけど、同じ中学に入ったらその差が鮮明になる。学校を分けたら、教科書も違うし、単純な順位で比べられずに済む」

反論できずに、渚が黙り込んだ。この女、結婚してからもなお旦那と張り合っている。

「仲はいい。比較されても気にならない。二人はそんな関係だった」

健太が整理した。「だったら、分けたのは本人たちの希望じゃなくて、親の考えだってことか」

「そういうことになりますかね」口では同意しながらも、渚は賛成していないようだった。

「ですが、娘一人でも大変なのに、二人、しかも同じ歳となれば、大変さは二乗するでしょう。旦那が出張が多くて育児にあまり参加できないのなら、ますます手間を省きたくなるのが母親の心情というものです。わざわざ手間を増やす理由がわかりません」

母親らしい意見だ。同じく母親であるわたしも、全面的に賛成する。

母親のリアルな心情を聞かされた健太も納得の表情を見せた。健太も平日は、大が起きている時間帯には帰ってこられない。それほど育児に携われていないという自覚が、渚の意見に理を見出しているのだろう。

「とすると、やっぱり子供たちの希望ってことですか」

健太が手を伸ばしてグラスを取る。米焼酎を飲み干して、グラスに氷を足した。また米焼酎を注ぐ。

「実は、くだらない理由かもしれないな。たとえば家にゲーム機がひとつしかなくて、いつも取り合いになっている。だから習い事を分けて、片方が出掛けている間に、もう片方がゲーム三昧《ざんまい》とか」

「ええーっ？」

二人の母親が同時に抗議の声を上げた。

「そんな理由で手間をかけさせられたら、たまったもんじゃないよ」

「もう一台ゲーム機を買った方が、はるかにマシです」

まるで健太自身がゲームをやりたがっているかのように責めてしまった。健太が気圧《けお》されたようにのけぞる。助けを求めるように、長江を見た。

「いったい、どういうことなんでしょうね」

青いふたのサーモンをつまんでいた大学准《じゅん》教授は、箸を置いて顔を上げた。

「そうですね。双子ちゃんの習い事を分けて、一日ずらした理由」

グラスを取って、米焼酎をひと口飲んだ。

「それは、双子ちゃんがしっかりしていたからだと思います」


狭い我が家に沈黙が落ちた。

子供たちは元々黙ってマンガを読んでいる。今まで喋《しゃべ》っていた大人たちが黙り込んだわけだ。理由は簡単。長江の言葉の意味がわからなかったからだ。

「――揚子江」渚が沈黙を破った。「どういうこと?」

渚は気に入らないことがあると、夫のことを揚子江と呼ぶ。

「どうもこうも」渚の夫は当たり前のように答える。「その双子ちゃんは、小学生とは思えないくらい、しっかりしてたんだろう?　だったら、そのせいだよ」

「わからん」

わたしは潔《いさぎよ》く言った。「説明して」

「そうだな」長江は考えをまとめるように、少しだけ天井を眺めた。すぐに視線を戻す。

「まず、さっき出てきた、習い事を分けるのは、親の意向か子供の意向かって話から始めようか。あのときは、親がわざわざ手間を増やすわけがないって話になって、それで決着したよね」

「言ったよ」ぶっきらぼうに渚が答える。長江はそんな妻を優しいまなざしで見つめた。

「それは正しいと思う。自分が教育機関にいるから言うわけじゃないけど、塾もそれぞれ個性がある。同じように中学受験生を相手にしてるのなら、教育内容を差別化しなければならないからね。カリキュラムも違えば、テストの方式も違う。当然宿題の内容も違う。親の立場からすれば、まったく違うふたつの教育に、同時に対応しなければならないんだ。そんなの、やってられるか。同じ塾に入れて、同じ対応をした方がずっといいし、子供の受験にもプラスになるだろう。でも双子ちゃんの親は、そうしなかった」

「だから変なんじゃない」

わたしが文句を言うと、長江は素直にうなずいた。

「変だよ。でも、現実に双子ちゃんの母親はそうしている。ここで、考え方を変えるんだ。『わざわざ不合理なことをしている。だから親の意向じゃない』と考えるんじゃない。『不合理なのにあえてそうしている。そんな選択をしなければならない、抜き差しならない事情があるんだろう』と考えるべきなんだよ」

「事情……」

「そう。冬木さんの言うとおりだ。習い事を分けたのは、子供じゃなくて親の都合だ。親の方に、そうしなければならない事情があったんだよ。そうでなければ、こんな面倒くさいことはしない」

「それは、何でしょうか」

健太がそっと尋ねると、長江は笑顔を見せた。

「実は、冬木さんとだいたい同じことを考えています。ほら、冬木さんはゲーム機の話を持ち出したでしょう?」

「ええ」

健太は短く答える。わたしたち母親軍団によって瞬殺されてしまった仮説だ。

「一人が習い事に出掛けている間に、もう一人がゲームに興じる。絵面としてわかりやすいから、渚も夏美も反対したわけですよ。でも、この見方をもう少し掘り下げてみましょう。一人が習い事をして、もう一人が空いている。これって、双子が別行動を取っていることになりませんか?」

「なりますね」健太が真剣な表情で答えた。長江の意図を読み取ろうとするように。「すると、長江さんはこう言いたいわけですか。双子というのは、同じ環境に置かれるのが当たり前。ですが、日渡家の両親は、あえて娘たちを別の環境に置こうとした」

「二人の子供を、分ける……」独り言のようにつぶやいた渚の顔が強張《こわば》った。「まさか」

緊張した声に、わたしが反応する。「どしたの?」

酒を飲んでいるのに、渚の顔が白くなっていた。

「二人一緒の行動を取るってことは、常に同じ場所にいるってことだ。世の中、物騒だ。特に子供の安全には気を遣う。うちだって、車で習い事に連れて行ってるくらいだし」

「えっ」喉《のど》からそんな声が漏れた。渚の説明に、不吉な影を感じたからだ。心情が伝わったのがわかったのだろう。渚は声を低くした。まるで子供たちに聞かれないようにするかのように。

「もし事故や犯罪に巻き込まれた場合、二人一緒だと二人とも危難に遭《あ》ってしまう。だから、せめて片方だけでも残そうとしたんじゃないのか?」

わたしは唾《つば》を飲み込んだ。

「じゃあ、日渡ママは、危機管理上、二人を分けたってことなの?」

酔うほど飲んでいないのに、めまいがした気がした。危機管理といえば聞こえはいいけれど、それは片方は危難に遭っても仕方がないと考えていることになる。せめて一人が残ればいいと。親が、子供に対してそんなふうに考えたというのか?

「バカ」

長江が渚の額《ひたい》をぺしりと叩《たた》いた。珍しく怖い顔をしている。

「そんなわけ、ないだろう。双子の習い事を分けたら、親である自分は習い事のある方についていくことになる。残った方は一人になるわけだ。かえって危険じゃないか。危機管理も何も、あったもんじゃない」

渚が額をさすりながら瞬きした。「それもそうか」

わたしも肩の力を抜いた。親が子を見捨てるという説が、間違っていたとわかったからだ。

「じゃあ、親の事情って、何なんだろうね」

「うん」長江は困った顔で米焼酎を飲んだ。

「さすがにデータが足りないから、どうしても想像になる。俺がスタート地点にしたのは、双子ちゃんの名前だ」

「香車と桂馬」渚が答える。「将棋シスターズの名前が、どうかした?」

「将棋好きなら、そんな命名をしてもおかしくはない。女の子の名前としても、まずまずだ。まさか王や飛車角《ひしやかく》、金銀を名前に使うわけにはいかない。後はせいぜい歩を『あゆみ』と読ませるくらいだけど、一兵卒の名前はつけたがらないだろう」

「成金は、もっとダメですね」

健太がくだらないコメントをした。同じことを考えていたらしい長江が、楽しそうに笑った。オヤジだ、こいつら。

長江が表情を戻した。

「一見もっともらしいんだけど、何か、引っかかった。簡単にいえば、親が子供に将棋の駒《こま》の名前をつけるのかなってことだ。駒というのは、誰かの意のままに動く、使われることを意味する。子供の将来を指し示す名前には、そぐわないと思った」

「で、でも」意外な意見に戸惑いながら、わたしは反論する。「現実に、そう名付けられてるじゃないの」

「そうだね」長江は同意しながら反対した。「もうひとつ。こっちも同じくらい強引な考えなんだけど、二人の名前には『子』がついている。今でもクラスに一人か二人はいるけど、逆にいえばそれくらいしかいないくらい、つけられることが減っている名前だ。うちだって『咲子』にはしなかった。もちろん親御さんの好みもあるから、決めつけることはできない。でも、このふたつの点から、想像できることがある」

「——ああ、そうか」

まっさきに追いついたのは健太だった。「命名者は祖父母、ですか」

長江が首肯する。

「その可能性が高いんじゃないかと考えました。我が家も、冬木家も、祖父母の名前から命名しています。祖父母の意向ではなくて、自分たちの判断で。でも、祖父母が自分たちで命名したがることも、珍しくないでしょう」

「そうか」渚も追いついた。「将棋好きは、おじいちゃんかおばあちゃんか」

「あり得るんじゃないかな」控えめな言い方で長江が賛成する。「生々しい話だけど、力関係はやっぱり存在する。子供が生まれたとき、親が意見してきたら、まったく無視するわけにもいかない。同居していなければ、聞き流せる。でも、同居していたら？　一緒に住んでいる親が善意の塊《かたまり》で提案してきたら、むげにはできないんじゃないかな。というか、あまりに変てこな名前じゃなければ、却下しづらい」

「日渡家は、親と同居していた」渚が会ったこともない日渡家を想像しながら言った。「だとしたら、妙だな。習い事の曜日を分けなきゃならないような事情があるのなら、親に協力してもらえばいいじゃないか。最近こそ核家族化で祖父母の育児支援は減ってるけど、同居してるのなら手伝ってもらいやすいだろう」

「逆もあり得る」渚の夫がすぐさま答えた。「親の状況によっては、それどころじゃなかったのかもしれない」

「あっ！」健太が大声を出した。驚いた子供たちがこちらを見る。しかし健太はそれに気づかない様子で、後を続けた。

「まさか、介護？」

長江が悲しそうにうなずいた。

「そう考えました。日渡ママはいつも忙しそうにしているということでした。ＰＴＡの会合にもダッシュで来てダッシュで帰るってことは、忙しそうにしているというより、本当に忙しかったのでしょう。しかも旦那は出張がちで家にいない。かといって、子供の習い事も大切です。ピアノや水泳ならともかく、将来を決める中学受験のために、塾は絶対です。少なくとも中学受験は、本人よりも親の意思によるところが大きい。日渡ママの価値観だと、譲れない点だったと考えていいと思います。渚の言うとおり、親の助けが必要なのに、実際には助けてくれていない。目に入れても痛くない孫のために一肌脱がないのは、そうしたくてもできない状況にあるのではないか。そう考えたんです」

ここに至って、わたしにもようやく長江の言いたいことがわかった。

「長江氏は、一人が習い事をして、もう一人が空いているってところに着目してたよね。それはつまり、双子ちゃんのうち一人は家にいるって言いたかったんでしょ。二人のうち一人が家にいれば、親に何かあったときに対応できるから」

「普通なら、子供がいても役に立たない。というか、心配の種が増えるだけだ」健太が続いた。「でも、日渡家の双子ちゃんは、しっかりしていた。とても小学生とは思えないくらい。だから母親も、任せることができた。自分の手間は倍になるけれど、介護が必要な親を家で一人きりにする時間を、できるだけ減らしたかった。そういうことですか」

「だから、日を分けたのは、子供たちがしっかりしていたからと言ったのか」

渚がため息交じりに言った。夫を厳しい目で見つめる。「わかりにくいんだよ、表現が」

「ごめん、ごめん」

本気で申し訳なく思っているとは感じられない顔で、長江が謝った。

話を終えると、長江は再び箸を取った。赤いふたのサーモンを口に運ぶ。「こっちはこっちで、うまいな」

「だろう?」反射的に答えながら、渚が言った。

「もし揚子江のストーリーが正しいのなら、同居していたおじいちゃんだかおばあちゃんだかは、嬉しかっただろうな。なんといっても、自分が命名した孫に面倒見てもらえたんだから」

「同感」わたしも言った。「双子ちゃんがしっかりしてたから任せたって話だったけど、おじいちゃんおばあちゃんの世話をした経験で、ますますしっかりしたのかもしれない。それなら、あの子たちの将来にも、絶対にいい影響が出る。大変だっただろうけど、三世代すべてが満足できる結果につながったと思えば、日渡ママの判断は正しかったということになるね」

「でも、大変だったのは、間違いない」

長江は一心不乱にマンガを読んでいる娘に視線をやった。

「あの子には、そんな苦労はさせたくないもんだ。そんなに早熟でなくていいから、のんびりゆったり過ごしてくれればいいな」

父親らしい甘い発言だ。母親の方が意地悪な顔で笑う。

「そうはいかない。ビシバシいくよ」

長江が本気で心配そうな顔になる。わたしは笑いながら立ち上がった。

「ビシバシいってもらうためにも、ごはんはちゃんと食べてもらわないとね。いつまでも柿の種とマンガってわけにもいかない」

わたしは二人の子供に声をかけた。

「ごはんだよ。手を洗っておいで」

いったん別れて、
またくっつく
Ryu.

「ふうむ」

玄関を入った途端、ついそんな声を出してしまった。「イカの匂いだ」

「そのとおり」

出迎えてくれた長江渚が、胸を張って答える。「今日の肴《さかな》は、イカだ」

旦那がちょうど捌《さば》いていたところなんだと説明しながら、リビングに案内してくれる。

リビングでテレビアニメを見ていた咲ちゃんが、気配を感じてこちらを向く。ぱあっと顔が明るくなった。「こんにちは」

テレビを消して立ち上がる。近づいてきて、ぺこりと頭を下げた。

「よおっ」

大が年上ぶった挨拶《あいさつ》をする。咲ちゃんはそんな息子の手を引っ張った。

「大くん。宿題でわかんないところがあるの。教えて」

そのまま、学習机に引っ張っていく。長江家も我が家と同様、子供の学習机はリビングにある。「どれどれ」と偉そうに言いながら、大がプリントを見下ろした。算数のようだ。

「悪いな」

渚が学習机を優しげなまなざしで眺める。「うちの旦那《だんな》は、勉強を教えるのに、まったく向かないから」

「あれ？　そうなんですか？」

わたしの夫、冬木健太が意外そうな顔をした。それはそうだ。渚の夫、つまり咲ちゃんの父親は、大学の准教授なのだ。しかも先日教授が退官して、次期教授候補の筆頭なのだという。小学校の算数なんて、問題のうちにも入らないだろう。わたしがそう言うと、渚は重々しく首を振った。

「ダメダメ。考えるまでもなく答えが出ちゃうから、順を追って教えるのが下手くそなんだ。国語は『本文に答えが書いてあるだろう』で終わるし、社会は地理を教える際、その地域のどうでもいい情報で脱線ばかり。本職の理科は、脱線がその十倍だ」

「うらやましい」健太が実感のこもった声でコメントした。「その脱線が、将来ものすごく役に立つでしょう」

渚が困った顔をした。「将来はそうですけど、今現在は問題です」

だから大くんに来てもらってよかった——渚はそう結んだ。そう思ってもらえたのなら、息子を連れてきた甲斐《かい》があったというものだ。

今まで散々悪口を言われていた長江高明が、そうとも知らずにキッチンから姿を現した。

「いらっしゃい」

わたし——冬木夏美と長江夫妻は、大学時代からの友人だ。三人とも酒好きということもあって、学生時代からよく一緒に飲んでいた。社会人になってからもそれは変わらず、わたしが結婚したら夫の健太も加わって、四人で楽しんでいた。

ところが渚と結婚してしばらくしてから、長江がアメリカ合衆国に職を見つけて、一家で移住してしまった。我が家は我が家で大が生まれて、子育てにてんてこ舞い。とても外に飲みに行く余裕はなかった。

そんなわけでしばらく途絶《とだ》えていたのだが、ようやく落ち着いてきた頃に、長江が日本の大学にポストを得て、妻と娘を連れて帰国したのだ。おかげで、かつてのような飲み会を復活させることができた。

「肴は、今仕込んだところだ。先に、子供たちに食べてもらおう」

長江はトレイに皿を三つ載せてキッチンを出てきた。ふたつの皿には焼そばが盛られている。見ると、具はイカとキャベツ。残るひと皿は、おかず。豚肉と白菜の炒《いた》め物だ。ごま油の香りが心地よい。

渚が学習机に声をかけた。

「咲ーっ、大くーんっ。ごはんだよ。おいで」

「この問題が終わってからーっ」

咲ちゃんがプリントから目を離さずに答える。解ける直前なら、邪魔しない方がいい。下級生の面倒見がいいと評判の大は、勉強の教え方も上手だったようだ。「ああーっ、そっかあ！」と咲ちゃんが大声を出して、鉛筆を置いた。無事に解けたようだ。学習机からダイニングテーブルにまっすぐ向かってこようとするのを、渚が止めた。「石鹸《せっけん》で手を洗ってきな」

はーいと元気よく答えて、二人で洗面所に入る。すぐに戻ってきた。

「いただきまーす」

手を合わせて、箸《はし》を取った。焼そばも豚肉も、子供が好きな味付けにしてあるようだ。二人とも、どんどん箸が進む。

「大くん、ありがとね」

渚が母親の顔で礼を言う。

「いえ」コップの麦茶を飲みながら、大が答えた。「僕も、いい復習になります」

「ほほう」渚が目と口で丸を三つ作った。「夏美。聞いたか？　今の科白《せりふ》」

「どうせ、旦那似だよ」

事実、大は顔はわたしに似ているけれど、中身はどう考えても健太に似ている。面倒見がいいところも、まっすぐなところも。

キッチンの方から、かちんと音がした。換気扇を止める音だ。とすると、料理は仕上がったのだろう。想像は当たっていたようで、長江が皿に載せて持ってきた。湯気をたてているのは、ひと口大にカットされたイカだった。

「イカの肝《きも》焼きだよ。この前ネットで見つけて、おいしそうだったから作ってみた」

湯気に交じって、いい香りが立ち上ってくる。確かに、おいしそうだ。

「では、こちらも」

健太がバッグから四合瓶を取りだした。日本酒だ。

「秋田の酒です。秋田出身の同僚が薦《すす》めてくれたんで、買ってきました」

素晴らしい、と言いながら渚が席を立つ。キッチンからグラスを四つ持って戻ってきた。健太が日本酒を開栓して、四つのグラスに注いだ。

「では」

「お疲れさま」

日本酒をひと口飲む。同じ日本海側でも、秋田の酒は、新潟とは味の傾向が違う。淡麗《たんれい》な新潟に比べ、きりっとした印象が強い。この銘柄も、芯《しん》のしっかりとした味わいだった。

イカの肝焼きに箸を伸ばす。まだ熱そうだから、慎重に口に運んだ。

芳醇《ほうじゅん》な味わいが、口の中で破裂したように広がった。イカ本来の味に、肝とほんの少しの味噌《みそ》が、厚みを加えている。

よく噛んで飲み込み、また日本酒を飲む。ともすれば強すぎる肝のコクを、日本酒が洗い流してくれる。それでいて後味には、肝と日本酒がしっかりと残っている。これはおいしい。

「いいですね」

健太も感心したように言った。「イカって元々淡泊《たんぱく》な味わいですけど、こんな強い味付けをしても、素材の味が消えていません」

「しかも、その強い味を作っているのは、元々イカの身体《からだ》にあった肝だからね」

わたしが言い添え、ホスト夫妻が同時にうなずいた。

「ごちそうさまーっ」

子供二人が両手を合わせた。焼そばも、豚肉と白菜の炒め物も、綺麗《きれい》に皿が空《から》になっている。渚がウェットティッシュをケースから引き出した。「手と口を拭《ふ》いてから遊んで」「はーい」二人がソースの付いた手と口元を拭く。それぞれの母親がチェックして、オーケーを出した。二人でリビングの隅に行く。先ほどまで見ていたテレビアニメを点《つ》けた。宿題が終わったからか、渚も何も言わない。子供たちもわかっているようで、ボリュームを絞《しぼ》っている。おかげで、ダイニングテーブルの語らいを邪魔されない。

「本当に」渚が話を再開した。「この料理のポイントは、イカの身をイカの内臓で味付けするところだよな。でも、イカ本来の味というのとは、ちょっと違う気がする。工夫というか、技術というかの結晶だな」

「大げさな」長江が笑った。「でも、面白いのは間違いない。実際に料理してみると、イカを捌くときに、一度肝を取り外すよね。その後、味付けする段になって、あらためて投入する。いったん別れた後、土壇場《どたんば》になって再会するんだから」

なかなか的を射た説明だ。メロドラマではないけれど。

——と。

脳の奥が刺激された。何だろうと思うと同時に、記憶が甦《よみがえ》ってきた。

「——そうだ」

　唐突な発言だったから、三人の視線が集まる。

「いやね。会社で同じようなことがあったのを、思い出したんだ」

「会社で?」渚が怪訝《けげん》な顔をした。「会社でイカの肝焼き?」

「違う、違う」片手をぱたぱたと振った。「一度別れて、またくっつく話」

「何だ、それ」健太も眉間《みけん》にしわを寄せた。わたしたちは社内結婚で、お互いまだ同じ会社で働いているから、わたしの知っている社内事情は、たいてい健太も知っている。それほど大きい会社でもないし。

「憶《おぼ》えてないかな。美帆《みほ》ちゃんの話」

「美帆ちゃん」夫が宙を睨《にら》む。「小倉《おぐら》美帆さんのことか?　夏美と同じ部署にいる」

「そう。今は野本《のもと》美帆だけど」

「……なるほど」

　健太も思い出したようだ。渚が焦《じ》れたように口を挟む。

「その同僚が、どうかしたのか?」

「その子が去年結婚したんだけど、ちょっと変わった経緯があるんだ」

「どんな?」渚が身を乗り出した。この女、他人のゴシップが本当に好きだ。まあ、だからわたしも話題にする気になったんだけど。

ちらりとリビングの奥を見る。子供たちは、テレビに夢中だ。これなら、話を聞かれることはないだろう。

「気の利《き》いた仕事をする、有能な子だよ。しかも、割と美人。だから社内でも人気があったんだけど、ある日突然、上司に向かって『妊娠したので、産むときになったら産休と育休をいただきます』って言ったんだ。そのとき、確か二十五歳。独身だったから、部内は騒然となったね」

「そりゃあ、なるだろうな」

渚は楽しそうだ。

「もちろん、『相手は誰だ』とか『肝心の結婚はいつだ』とか、訊《き》けないよね。超の付くくらいのセクハラになるから。会社の規定にだって『産休や育休は既婚者に限る』なんて、どこにも書いていない。だから上司も戸惑いながらも『身体を大切に』としか言えないわけだよ」

「そりゃ、当然だ」

「そこから半年ばかり、職場の雰囲気は微妙だったんだけど、当人だけが淡々《たんたん》と仕事をしていた。そして臨月が近づいてきたら、産休に入った。女の子を無事に出産したから、ひとまずめでたい。そこから育休を取って、一年後に職場復帰した。それが、一昨年《おととし》」

「そこから一年して、結婚したと」

　渚が先回りする。せっかちな奴だ。

「そうなんだ。相手は、同じ会社の野本杏二《きょうじ》くんっていう人。確か、美帆ちゃんの二期下だったかな。総務部勤務だから、わたしも健太も知ってる」

「二十五歳で妊娠、二十六歳で出産、二十七歳で職場復帰。その一年後に結婚だから二十八歳か。結婚相手は二つ年下で二十六歳。どちらも学生時代に浪人や留年してないとしてだけど」

　渚が腕組みする。「二人ともまだ二十代。相手がシングルマザーという点は少し変わっているかもしれないけど、さほど妙な話ではないな」

「そうだね」まだ裏があるだろうというニュアンスに、わたしは首肯してみせた。「やっぱり未婚で子供を産むのは、それなりの事情があるって思うじゃない。野本くんからしてみれば、その事情を知った上での結婚だろうから、覚悟が要《い》っただろうなというのが、社内の評判」

「ただの、美談か」

「そうじゃないってば」わたしはまた片手を振った。

「問題は、結婚した翌年の年賀状だった。ご多分に漏れず、野本夫妻からの年賀状も、子供の写真だったわけだよ。それを見たとき、顎《あご》が外れそうになった。だって、子供の顔が、野本くんにそっくりだったから」

渚が瞬《まばた》きした。「えっ？　えっ？」

「みんな、そう思ったみたい。仕事始めの日は、妙に緊迫した雰囲気が漂っていた。みんなで目配《めくば》せして、美帆ちゃんといちばん仲のいい女の子が、思い切って『お子さんは、野本くんに似てるね』って言ってみた。そしたら、美帆ちゃんはにっこりと笑って『わかった？　だって、父親は野本くんだから』って言い放った」

「……………」

「総務部でも、同じことが起きたみたいです」健太が横から言った。「野本くんは頭を搔《か》きながら『やっぱり、そう思います？』って言ったらしいです。あまりの展開に、周りは気の利いた反応ができずに『ああ、そうなんだ』としか言えなかったとか」

「うちもそうだったよ。美帆ちゃんがあまりにも堂々としてたから、からかったり、事情を詳しく訊く雰囲気にはならなかった。もちろん噂《うわさ》にはなったけど、結局『あの二人はつき合っていたけど別れてしまって、でも子供ができたからまたくっついたんだろうな』というところに落ち着いた」

「——ああ」渚が平板な声で言った。「それで夏美は『一度別れて、またくっつく話』って言ったのか。でも」

渚が三白眼《さんぱくがん》で睨みつけてきた。「それで納得するわけないよな」

「ないね」

わたしは即答した。だって、そのとおりだから。

「美帆ちゃんと野本くんは、同じ大学だったんだ。あの大学からは、うちの会社に毎年何人か入ってくるから、それは変でも何でもない。入社する前から知り合いだったらしいけど、二人がつき合っていたって話は、誰も聞いたことがなかった。まあ、それは二人が秘密にしていたからということで説明がつく。その後別れたというのも、認めてもいい。でも妊娠が発覚したら、いくら何でも、その時点で結婚しない？　できちゃった婚は恰好《かっこう》悪いかもしれないけど、恰好の問題じゃないから」

「そりゃそうだ。身に覚えがあるわけだし」

「でしょ。でも、現実には、子供が生まれて二年も経ってから結婚している。みんなで首をひねっていたら、職場の女の子が言いだしたんだ。そういえば、妊娠を報告するちょっと前に、美帆ちゃんは三日くらい会社を休んだと。会社に出てきたときには、ひどく憔《しょう》悴《すい》していたと」

渚は眉《まゆ》を動かしただけで、先を促した。

「そこで、みんなでひねり出したストーリーがこれ。ひょっとしたら、二人はひどい別れ方をしたんじゃないか。美帆ちゃんは、そのショックで会社を休んだ。同じ会社だから、顔を見たくなかったというのもあるし。だから妊娠しても、美帆ちゃんが結婚を拒否したという可能性がある。でも実際に子供が生まれたら、やっぱりけじめをつけて結婚しようってことになったんじゃないかと」

「でも、夏美は信じていない」

渚があっさり言って、わたしはあっさり認めた。

「うん。だって、妊娠期間は十月十日《とつきとおか》だよ。その間、ずっと怒り続けていられるかな。野本くんは責任感の強い人だから、その間になんとか美帆ちゃんを説得して、結婚にこぎ着けたはず」

「うちの部署では、違う意見が出ました」

健太が言った。「僕の部下に、野本くんの同期がいるんです。彼が、美帆さんが妊娠した年に、野本くんが喪中はがきをくれたことを思い出しました。野本くんの家に不幸があったから、結婚という慶事は控えたんじゃないか。そんな話になりました」

渚が目を細めた。「冬木さんは、それ、信じてます？」

「信じてません」これまた、あっさりと答える。「それなら、喪が明けてすぐに結婚するでしょう。一年ずれています」

「ですよね」渚が眉間にしわを寄せた。「服喪は、ちょっと考えにくいですね。夏美のひどい別れ方説の方が、まだ説得力があります」

「わたしの説じゃないってば。職場全体の意見だよ」

わたしは抗議したけれど、渚は聞き流した。

「二人はつき合っていたけど、別れた」渚が繰り返す。「一応訊くけど、美帆さんの妊娠を、野本さんは知らなかった可能性はないか？」

なるほど。野本に腹を立てていた美帆が、あえて言わなかったことはあり得るか。でも。

「ないね」わたしは断言した。「だって、野本くんは総務部だよ。野本くんが鈍くて社内の噂を知らなかったとしても、産休を申請した段階でわかっちゃうよ」

「それもそうか」予想していた回答らしい。渚はがっかりすることもなく、話を続けた。

「次。二人がひどい別れ方をしたとして、その原因は何だろう」

「そんなの、わかんないよ」わたしは放り出すように言った。「二人がつき合ってたことすら知らなかったんだから。別れた原因なんて、知りようがない」

当たり前のコメントだったはずなのに、隣で健太が渋い顔をした。

「別れた原因が、美帆さんの浮気だったたって言いたいんですね」

「そうです」こちらは渋い顔どころか、満面の笑みだ。「もっと言えば、お腹《なか》の子供の父親は、別の男だった。そうだったら、結婚どころじゃない」

「はい、そこまで」長江が口を挟んだ。「話を聞いてなかったのか？　子供は、野本さんにそっくりだったんだぞ」

「だからだよ」渚も負けていなかった。「美帆さんは妊娠した。でも、その直前に浮気していた。じゃあ子供の父親は、野本さんと浮気相手のどちらだろう。そんなふうにならないか？」

「産んでみて、子供を見てから、野本さんと結婚するか決めよう。そう思ったたって？」

呆れてものが言えないとは、このことだ。

「美帆ちゃんは、そんな打算的な子じゃないよ。それに、生まれてすぐ遺伝子検査したら、結果は出るでしょ。どうして二年も待つ必要があるの」

ぬうっ、と渚が唸《うな》った。この説に自信を持っていたらしい。

「だったら」まだ続けるか。なかなか、くじけない奴だ。「美帆さんは、子供の父親が野本さんじゃなくて浮気相手だと思い込んでいた。でも、子供が生まれて成長していくと、野本さんに似ていることがわかった。しまった。見込み違いだ。でも、父親が誰かわかったから結婚してしまおう――」

わたしは冷ややかな目を友人に向けた。

「それなら、妊娠してすぐに、浮気相手とやらと結婚したんじゃないの？」

渚がのけぞった。さすがに次の仮説が出てこない。黙り込んだ。

「そういえば」すでに渚の説を忘れてしまったかのように健太が言った。「あの二人って、披露宴《ひろうえん》とかしたんだっけ」

「いや、してないよ。籍を入れただけ」わたしが答える。「子供が赤ちゃんだから、結婚式とか披露宴とかに耐えられないからだって。儀式みたいなものは、子供が大きくなってから考えるって言ってた」

「そうか。披露宴をしたのなら、式場の予約とかがあるからその一年前、つまり育休明けには結婚を決めていた可能性が高い。けれど入籍だけなら、すぐにできる。やっぱり、子供が生まれて二年近く経ってから、結婚を決めたんだな」

健太がグラスを取って、秋田の酒を飲んだ。

「子供が生まれてから結婚まで、何故《なぜ》それほど間隔が空いたのか。ポイントは、そこにありそうだ」

「もうひとつ。妊娠がわかった時点で、何故すぐに結婚しなかったのかもね」

「そう」

「やっぱり、浮気じゃないのか」

めげずに渚が言った。

「いい加減、浮気から離れたら？」

「いや、真面目な話」渚は言葉どおり、真面目な顔になった。

「今までは、美帆さんが浮気したという前提で話をしていた。でも本当は、浮気したのは野本さんの方じゃないのか？　野本さんの浮気が原因で別れて、その後で美帆さんの妊娠が発覚した。でも時すでに遅し。もう野本さんは新しい相手と結婚の約束をしていた」

「…………」

わたしは、すぐにはコメントできなかった。妊娠が発覚してすぐに結婚しなかったという事実に、きちんと説明がつけられるからだ。

渚は続ける。

「かつての恋人が妊娠して、どうやら父親が自分らしいとわかった野本さんは、当然新しい彼女と別れて、美帆さんと結婚しようとしただろう。責任感が強い人らしいから。でも、新しい彼女が放してくれなかった。ごちゃごちゃあって、彼女とようやく別れられた頃には、子供が生まれて二年経っていた」

「ほほう」感心の声が漏れた。先ほどとは段違いの説得力だ。そう思ったけれど、夫は違う感想を抱いたようだ。

「そうでしょうか。新しい彼女さんの性格にもよりますが、彼氏が元カノを妊娠させていたとわかったら、女の人はドン引きする気がします。そうでなくても、野本くんは元カノに養育費を払わなければならないわけです。まだ二十代の若造に、二家族の面倒を見る甲斐性はありません。ましてや、うちの会社の給料ですから。新しい彼女さんが都合三年間も野本くんを放さないとは、ちょっと考えにくいですね」

「それじゃあ」さすがは、くじけないわが友人。「新しい彼女も、妊娠しちゃったとか」

「では、なぜ野本くんは、その彼女を捨てて、美帆さんと結婚したんでしょうか」

「彼女は流産したとか……」

「さすがに、牽強付会《けんきょうふかい》だな」

ようやく長江が妻の暴走を止めた。多少は自覚があったのだろう。渚は黙って日本酒を飲んだ。わたしも箸を取って、話の発端になったイカの肝焼きをつまむ。冷め切る前に食べてしまわなければ、もったいない。

「時系列的には、妊娠が発覚してすぐに結婚しなかった理由を先に考えた方がいいね」

「そこだけ考えるのなら、喪中説はけっこういいセンいってるんだけどな」

でも、それだけだと後段の疑問を解決できない——健太はそう続けた。だから、後段の疑問がポイントだと言ったのだ。健太も箸を伸ばして、イカをつまむ。すぐに取らずに、皿に溜《た》まった汁によく浸《つ》けてから、口に運んだ。我が夫ながら、細かい奴だ。

「そうだな」健太はイカを飲み込むと、話を続けた。「どちらかの浮気説も、そうだ。すぐに結婚しなかった理由にはなる。でも、子供が生まれて二年も経ってから結婚する理由にはならない」

「美帆ちゃんが打算だけで生きてなければね」

わたしが言い添え、渚が膨《ふく》れた。

「ふむ」渚がグラスを置いた。表情を戻す。「すぐに結婚しなかった理由を、他に考えてみよう。実際に結婚したタイミングと矛盾しない説を思いつくかもしれない」

意外なほど、まともな意見だ。

「すぐに結婚しなかった理由」健太が繰り返す。「たとえば、どちらか、あるいは両方の親が反対したとか」

「どんな理由で反対すんのよ」

反射的に文句を言った。わたしたちの結婚のとき、お互いの両親——特にわたしの父——はまったく反対せず、胸をなで下ろした記憶が甦った。あれは、心臓に悪い経験だ。

しかし夫は動じなかった。

「すぐに思いつくのは、ありふれた理由だな。まだ、若すぎるとか」

「結婚していないのに、うちの娘を妊娠させるなんて、とんでもない奴だってのもありそうですね」

渚が乗ってきた。「とはいえ、現実に妊娠してしまった以上、結婚を認めないという選択肢は、ないわけですが」

「そうなんですよね」

健太が頭の後ろで両手を組んだ。なんだ、間違っているとわかって口に出したのか。

「むしろ逆で、野本くんに結婚の意志がなかったとしても、美帆さんの両親が結婚を迫《せま》るでしょうし」

「そこだ」渚が人差し指を立てた。

「当人同士はともかくとして、どうして双方の両親は、結婚しないことを認めたんでしょうね。妊娠したときに二人がつき合っていようが、別れていようが、あるいはそれ以前につき合ってすらいなかったとしても、結婚させようとするでしょうに」

「確かに」思わずそう呟《つぶや》いた。もっともな疑問だ。「ってことは、本人たちも両親も、結婚したくてもできない理由があったってことなのかな」

そんな理由、考えられるだろうか。

「難しいな」健太も唇をへの字に曲げた。「たとえ歌舞音曲《かぶおんぎょく》が憚《はばか》られる事情があったとしても、入籍だけなら紙切れ一枚だし。事実、あの二人はそうしている」

「まさかとは思うけど」

渚が不愉快そうな顔をして言った。「どちらかが、うちとあの家とでは、家柄が違うとか言ってないよな」

「さすがに、ないと思うよ」

わたしは二人の顔を思い出す。「二人とも、お坊ちゃんお嬢ちゃんって感じじゃない。着るものも、食べるものもね。もちろんブルジョワ的な鼻につくところも、まったくない」

「違うか。じゃあ、宗教が違ったとか」

「今どき、そんな理由で反対する？」

「しないだろうな」当たり前のように答える。

「実は、両家の間で深刻な対立があったとか」

「シェイクスピアか」

「ダメか」

そこまで言って、渚は表情を変えた。やや真剣なものに。

「ひょっとしたら、実は深刻な事情があったのかもしれないぞ」

「深刻って？」

「たとえば、野本さんが病気になっていたとか」

「えっ？」

突然、何を言いだすのか、この女は。

「会社に出てきてはいたけど、実は重い病にかかっていて、将来的に一家の大黒柱になれるかどうか、わからなかった。だから結婚しなかったけど、子供が生まれて二年した頃に、ようやく完治の目処《めど》が立った。だから結婚した」

「おお、真っ当だ」

正直すぎる感想を述べてしまった。渚が睨みつけてくる。わたしは顔の前に手刀を立てた。

「ごめん、ごめん。確かに、どちらの説明もできるね」

「だろう？」渚がふんぞり返る。腕組みして、やはりうんうんとうなずいていた健太が、しかしすぐに難しい顔になった。

「うーん。それなら、むしろさっさと結婚しそうな気がします。仮に、野本くんが死にそうだったとしたら、なおさらです。ひどい言い方で申し訳ありませんが、父親が誰だかわからないシングルマザーよりも、父親に死なれた母子家庭の方が、世間の目は温かいですよ。経済的にも、入籍しておいた方が、野本くんの両親からの援助が得られますし」

ぐっ、と渚が返答に詰まる。しかしすぐに態勢を立て直した。

「死にそうだったんじゃなくて、寝たきりになりそうだったとか。介護が必要だったら、美帆さんに迷惑はかけられないと、野本さんの方が躊躇《ちゅうちょ》したんじゃないですかね」

「だったら、むしろ美帆ちゃんの方が結婚を迫るよ。浮気とか別れたとかいう話じゃないんだから」

「うわあ」渚が頭を抱えた。そのまま夫を見る。「今日の冬木夫妻は厳しい。助けてくれ」

しかし長江は悠然と秋田の日本酒を飲んでいた。グラスを置く。

「あまり、助けにはならんぞ」

「なんだよ、それ」

「そうだな」イカをひと切れつまんで口に入れる。また日本酒を飲んだ。

「おまえ、さっき『ただの、美談か』って言っただろう?」

「うん。言ったな」

長江はグラスの日本酒を飲み干した。

「ただの、美談だよ」

ダイニングテーブルは静まりかえった。

奥からテレビアニメの音が聞こえてくるけれど、大人たちの周囲は、間違いなく無音だった。いや、一人だけ音を発している人間がいる。長江が四合瓶を取って、自らのグラスに酒を注《つ》いでいるのだ。キャップを閉めて、テーブルに置く。たん、という音が響いた。

「――ちょっと、揚子江」

渚がようやく口を開いた。「どういうこと？」

「どうもこうも」長江が注いだばかりの日本酒を飲んだ。「夏美と冬木さんから聞いた話が、いい話だと思ったから、美談だと言ったんだよ」

「何の説明にもなってない」

わたしが抗議した。「きちんと説明してよ」

「説明はするよ。でも、その前に、確認しておきたいことがある」

長江がわたしを見た。「美帆さんのことだ。話を聞くかぎり、夏美は美帆さんのことをかなり好意的に見ているようだ」

「うん。そうだよ。とってもいい子」

「じゃあ、嘘《うそ》をつく人ではないと考えていいね？」

「それは、保証する」

どうして、そんなことを訊くのだろう。渚は、美帆が打算的な人間ではないかと疑った。長江も同様なのだろうか。

「わかった」

長江はほんの少しの間、宙を睨んだ。話す段取りを考えたような仕草。すぐに視線を戻して、口を開いた。

「みんな、難しく考えすぎだよ」

「といいますと？」

健太が訝《いぶか》しげな顔をした。「それほどひねった想像とは思いませんが」

「いや、ひねってますよ」

珍しく、長江がストレートに否定した。

「不可思議な行動に納得のいく理由をつけようとして、あれやこれやアイデアをひねり出した。おかげで浮気したりされたり、両親の反対に遭ったり、挙《あ》げ句《く》の果てに殺されかけた。二人とも、えらい災難です」

ほとんど渚の仮説だ。言われた妻が仏頂面《ぶっちょうづら》をする。長江はそんな妻に優しげな視線を向けた。

「俺は、もっと単純に考えた。逆に考えたんだ」

「逆って？」

「みんなは、現象から行動を考えた。妊娠したけど結婚しないことを不思議に思い、出産してずいぶんと間を空けてから結婚したことを不思議に思った。現象に対して二人の行動がそぐわないことが気に入らなかった」

別におかしくないだろう。それが順番なんだし。

そう文句を言う前に、長江が話を続けた。

「俺は逆に考えた。行動から入ったんだ。二人は結婚しなかった。しばらく経ってから結婚した。まず、それだけを考えた」

「意味、わかんない」

正直に言った。隣で健太が大きくうなずいている。長江が苦笑する。

「単純だって言っただろう？　二人は結婚しなかった。それは、結婚する理由がないからだ。俺はそう考えた」

「ええーっ？」

三人が同時に声を上げた。「妊娠したじゃんか。これ以上の、結婚する理由はないだろう」

代表して渚が続けた。しかし妻の抗議にも、長江は動じない。それどころか、まるで聞こえなかったかのように言葉をつなぐ。

「その後も同じ。二人は結婚する理由ができたから、結婚した。それだけのことだと思ったんだ」

「………」

もう、何も言えなかった。本当に、意味がわからない。しかし、思いつくことはあった。

「ひょっとして」わたしはそろりと言った。「子供の父親が、野本くんじゃなかったと?」

「それはない」渚がすぐさま否定した。「揚子江も言っただろう。子供の顔は、野本さんにそっくりだって」

「そうだよ」妻の指摘を支持した。「夏美も冬木さんも、年賀状を見てそう感じた。その印象は、信用していい」

頭が混乱してきた。わたしたちが認識している事実を、長江はすべて肯定している。それなのに、違うという。長江は、いったい何が言いたいのか。

誰からも反応がないことに、長江は少しだけ失望したような表情を浮かべたけれど、口に出したのは優しげな響きだった。

「冬木さん。野本さんは、野本きょうじさんっていうんですよね。どんな漢字を書くんですか？」

健太はすぐに答えた。「果物の杏《あんず》に、数字の二です――ああっ！」

言い終える前に大声を出していた。二人の子供が驚いたようにこちらを見る。しかし健太はまったく気がついていないようだ。ただ、目を見開いていた。

「ひょっとして、お兄さん？」

その言葉を聞いたとき、頭の中でパチンと弾《はじ》ける感覚があった。一瞬にして、絵が浮かんだ。

「美帆ちゃんがつき合ってたのは、野本くんじゃなくて、野本くんのお兄さんだっていうの？」

長江は野本くんの名前を聞いて、「じ」を数字の「二」に変換した。男性の名前に「二」がつくということは、「一」がいる可能性が高い。つまり、兄の存在が浮かび上がってくるのだ。

「そうか」健太は自分に対してするように、うなずいた。「兄弟で同じ大学に行くことは、珍しいことじゃない。美帆さんは大学で野本くんのお兄さんに出会った。そして交際を始める」

めた。その後で、弟である野本くんが、同じ大学に進学したというのは、十分にあり得る」

長江はうなずいた。少し悲しげに。

「もし、美帆さんの相手がお兄さんなら、弟である野本さんが結婚する理由はないだろう?」

「ちょ、ちょっと待ってよ」渚が両手をぶんぶんと振り回す。「問題は、何も解決していない。それなら、どうして美帆さんは、野本さんのお兄さんと結婚しなかったんだ?」

「いや、解決しています」

健太がすぐさま否定した。「美帆さんが妊娠した年に、野本くんは喪中はがきを出しています」

渚が唾《つば》を飲み込んだ。「お兄さんが、亡くなった……?」

「入籍前の妊娠だったのは、間違いないだろう」

長江が静かに言った。

「結婚すると決めても、そのままずるずるつき合うカップルってのは、多くはないけど、間違いなく存在する。そして妊娠を機会に籍を入れるんだ。『できちゃった婚』じゃなくて『できたから婚』だな」

確かに、わたしの知り合いにも、そんな夫婦はいる。

「野本兄さんと美帆さんがそんな関係だったのかはともかく、美帆さんは未婚のまま妊娠した。野本兄さんも結婚の意志を固めただろう。そのまま結婚していれば、何の問題もなかった。けれど、事故か何かで、お兄さんが亡くなってしまった」

長江の話を聞きながら、わたしは思い出していた。美帆が妊娠を公表する少し前、三日ほど会社を休んだ。出社してきた彼女は、ひどく憔悴していた――。

「美帆ちゃんは、三日三晩泣き明かした後、亡き恋人の子供を産む決心をしたのか……」

自分の中で結論を出していたからこそ、周囲にどう思われようと、毅然《きぜん》としていたのか。

「ここで、野本弟くんの立場を考えてみよう」長江はそう言った。「兄の恋人であり、自分も以前から知っている。しかも今は、同じ会社の先輩社員。美帆さんは、そんな存在だ。その彼女が、死んだ兄の子供を産もうとしている。弟として、申し訳ない気持ちがあっただろう。幸いというべきか、彼は総務部に所属していた。美帆さんを特別扱いにはできなくても、気遣うことはできる。未婚の母になることが、彼女のキャリアのマイナスにならないよう、陰で根回ししたかもしれない。責任感の強い彼のことだ。兄が幸せにできなかった分、野本家として美帆さんを護《まも》る義務がある。そんなふうに考えたとしても、おかしくない」

「そして、それは美帆さんが出産してからも続いてた」健太が後を引き取った。「最初は義理から行動していた野本くんも、ずっと支援しているうちに、愛情が芽生《めば》えた。美帆さんの方も、色々と世話を焼いてくれて、しかも恋人に似ている弟くんを愛するようになった。だったら結婚してしまおう。二人がそう決断するまでに、出産から二年という時間が必要だった」

渚がため息をついた。「だから揚子江は、二人は結婚する理由ができたから、結婚したって言ったのか——あれ？」

渚が目を見開いた。「おかしいじゃないか。美帆さんは、野本さんを子供の父親と言ったぞ」

「いや、そうじゃない」

今度は、わたしが否定する。

「美帆ちゃんは、『わかった？　だって、父親は野本くんだから』って言ったんだよ。ここでいう『野本くん』は、総務部の野本杏二くんじゃない」

「美帆さんは嘘をつかない」健太が言い添えた。「でも、事情が事情だ。あまり詳しく説明したくなかったんだろうな。父親が野本くんというのは、間違いない。大学でも同期だったら、くん付けだし。自分は本当のことを言って、後はみんなが勝手に勘違いしてくれるのを期待した」

「野本さんも、そうでしょうね」長江は楽しそうだった。「みんなの追及に『やっぱり、そう思います？』と答えている。そう聞くと、誰もが図星を指されたと思うだろう。野本さんの真意は『兄の子供なんだから、自分に似ていても当然だ』というものだったんだろうけど、そこまで説明する必要はない」

「美談だ」

渚が、鼻から息を吐き出しながら言った。

そのとおりだ。

恋人が妊娠して、これから幸せにしようとした矢先に、不慮の死を遂げた野本兄さん。死んだ恋人の子供を産もうと決心した、気丈な美帆。兄の子を宿《やど》した女性を、支え続けた野本くん。三人の純粋な人間が交錯した結果、ささやかな家庭が誕生した。温かい気持ちになったけれど、渚は不満顔だった。

「美談だけど、ちょっとだけ気に入らない」

長江が小さく首を傾《かし》げた。「何が？」

「美帆さんも野本さんも、立派だと思うよ。でも、行動から自己犠牲の匂いがする。死んだ恋人のために。死んだ兄の恋人のために。身を捨てて護ろうという意志を感じるんだ。まだ若いんだから、もっと自分のために生きればいいのに」

「そうかな」わたしが答えた。「必ずしも自分が犠牲になったりしていないと思う」

渚が怪訝な顔をした。「っていうと?」

「凛《りん》とした美帆ちゃんと、細やかな気遣いのできる野本くん。どちらも、ごく自然と生まれた覚悟だと思う。だからこそ、お互いがお互いのいいところを認め合ったんだよ。決して、相手の自己犠牲に義理立てしたわけじゃない」

ぬう、と渚が唸る。わたしは、イカの肝焼きの皿を指し示した。

「イカの身だって肝だって、自分を犠牲にしてないでしょ。お互いのいいところを出し合って、ひとつの料理になっている。あの二人も同じだよ」

そう言ってわたしは、最後のひと切れをつまんだ。

いつの間にか
できている
Ryu.

「わあっ」

咲ちゃんが華《はな》やいだ声を上げた。

それもそのはず、テーブルには、子供が大好きなフライドチキンが載っているからだ。

向かいに座る大と一緒に両手を合わせた。「いただきまーす」

「たくさん食べてね」

はーいと元気のいい返事をして、小学生二人が少し早めの晩ごはんを食べ始めた。

「さて」わたし——冬木夏美が大人たちに向かって声をかけた。「わたしたちも始めようか」

夫の冬木健太がキッチンに引っ込み、深皿を両手に持って戻ってきた。来客が覗《のぞ》きこむ。

「ほほう」

長江渚が感心したような声を出した。「鶏手羽《とりてば》の煮付けですか」

「手羽中《てばなか》って部位らしい」わたしが補足する。「スーパーで安かったから、大量に買ってきたんだ」

「煮汁が赤いね」渚の夫、高明がコメントした。「辛《から》そうだ」

「わかる？」わたしはにんまりした。「味付けは、キムチ鍋《なべ》の素《もと》を使ってる」

「なるほど」渚が、フライドチキンにかじりつく子供たちに目をやった。「辛すぎて子供には向かないから、別にフライドチキンを作ったのか」

「そういうこと。まったく違うメニューってのも何だから、せめて同じ鶏肉にしようと思って」

「手間は倍になるけどね」渚が目を三日月にした。「夏美も偉くなったもんだ」

「昔からだよ」わたしが返すと、笑いが起きた。わたしのずぼらさ加減は、みんなよく知っている。

わたしと長江夫妻は、大学時代からの友人だ。なぜかウマが合って、よく一緒に飲みに行ったものだ。三人とも首都圏に就職したこともあって、社会人になってからも、何かと理由をつけては長江のワンルームマンションに集まっていた。わたしが結婚してからは夫の健太も加わって、四人で飲むのが定番になった。

その後、長江一家が渡米して途絶《とだ》えていたのだけれど、長江夫妻が咲ちゃんを伴って帰国したから、飲み会を復活させたのだ。

「加えて、これか」

渚がテーブルに載ったものを指さす。黒っぽい土瓶のような容器が、台に載っている。台からは電気コードが延びていて、家電であることをアピールしていた。

「酒燗器《さけかんき》とはね」渚が呆《あき》れたような顔をした。「よく、ここまで揃《そろ》えたもんだ」

「便利だよ」わたしは悪びれず答える。「ちょっと時間がかかるのが難点だけど、電子レンジよりも温めムラが起きない気がするし」

言いながら酒燗器の様子を窺《うかが》う。「そろそろかな」

わたしは酒器を台から外して、小振りのグラスに中身を注《つ》いだ。グラスに茶色い液体が満たされていく。日本酒ではない。紹興酒《しょうこうしゅ》だ。グラスを配る。

「では、召し上がれ」

深皿に取り箸《ばし》を添えて、テーブルの中央に置いた。訪問者が自分の取り皿に手羽中を取る。箸の先を身に差し込んだ。

「これは、これは」

渚が感心した声を上げた。「よく煮込んであるな。身が骨から簡単に外れるし、皮も軽い力で切れる」

　そして身を口に運んだ。

「うん。味もよく染みてる。辛いだけじゃなくて、結構味が深い。ここまで仕上げるのは、大変だっただろう」

　珍しく、渚が留保なしで褒《ほ》めてくる。嬉《うれ》しいことだけれど、旧友相手に見栄《みえ》を張る必要はない。

「実は、全然大変じゃなかった。さっきも言ったように、味付けはキムチ鍋の素だから、味の深さはそこから来てる。後は、鶏そのものの味だね。煮込みも、圧力鍋を使ったから簡単だった」

「圧力鍋」渚が繰り返す。「圧力鍋は、使うだけで面倒くさいイメージがあるけどな」

「ところが、そうでもない」わたしは正直に言った。「使ったのは、電気圧力鍋なんだ。普通の圧力鍋だったら、ずっとガスコンロの前に立ってなきゃいけない感じだけど、電気の方は、炊飯器と一緒。スイッチを入れたら、後は放っておくだけでいいんだから」

「つまりですね」健太が後を引き取る。「電気圧力鍋に、手羽中とキムチ鍋の素と水を入れただけなんです」

　身もふたもない発言だったけれど、そのとおりなのだから仕方がない。

わたしも鶏肉を取る。箸を載せただけで、ほろりと身が骨から外れる。身そのものは大きくないけれど、口に持っていくのには、ちょうどいいサイズだ。

噛《か》むと、最初に唐辛子の辛さが来る。続いて、キムチ鍋の素に入っている魚介類のコク。そして最後に、鶏肉の旨味《うまみ》が口の中に広がった。

温めた紹興酒を飲む。温かい紹興酒には砂糖を入れる飲み方もあるけれど、我が家は入れない。口に含むと、熟成されたコクと辛みが鶏肉の後を追い、身体を内側から温めてくれる。うん。これは、合う。

「おいしいね」長江もコメントした。「濃すぎず、薄すぎず。ちょうどいい塩梅《あんばい》に仕上がってる」

「でしょ」

健太は入れただけと言ったけれど、鍋つゆとしてではなく、スープとしてでもなく、煮込み調味料として最適な濃さになるよう、工夫を重ねたのだ。自慢できるほどの工夫ではないけれど、ここは黙って褒められておこう。

「電気圧力鍋か」

渚が紹興酒のグラスを置いて腕組みした。「特に必要と思わなかったけど、なかなか侮《あなど》れないな。放っておいていいのなら、簡単にもう一品足せるし」

「特に朝ごはんで役に立つよ。前の夜、寝る前にスイッチを入れておいたら、翌朝にはできてるんだから。入れる素材を選ぶけど、間違えなければ問題ない」

「入れる素材を選ぶって、入れちゃいけないものがあるのか？」

「皮に包まれてるものは、膨《ふく》れて破裂するらしいよ。イカとか、タンとか。そういった食材を調理するときはちゃんと下ごしらえをしなきゃいけない。そしたら手抜きのありがたみが薄れるから、避けてるんだ」

ずぼらさ満載のコメントに、長江夫妻が笑った。

「確かに、放っておいたら、いつの間にかできているってのは、いいな」

長江がポケットからスマートフォンを取り出し、通信販売サイトを検索した。「このくらいの値段なら、買ってもいいね」

「サンキュ。本気で考える」

若い頃の渚は、何かにつけ凝《こ》り性だった。色々と手の込んだ料理を、楽しそうに作っていた記憶がある。しかし働きながら子育てをやっていると、手を抜けるところは抜かないとこなしきれない。便利さに食指が動いたようだ。

――と。

記憶叢《そう》が刺激された。「放っておいたら、いつの間にかできている」という言葉がスイッチとなって、思い出されたことがあった。

「そういえば」

わたしが言うと、大人たちの視線が集まった。唐突感があったのだろう。わたしが説明しようと口を開きかけたとき、子供たちが「ごちそうさまーっ」と両手を合わせた。ごはんとお味噌汁《みそしる》、それからフライドチキンの皿がきれいに空になっている。

「マンガ、読んでいい?」

「いいけど、フライドチキンで手がベトベトになってるでしょ。石鹸《せっけん》で手を洗ってからにして」

「わかった」

二人で洗面所に行く。すぐに戻ってきた。念のため大の手をチェックする。「いいよ」

リビングの奥で、並んでマンガを読み始めた。我が家はわたしも健太もマンガ好きで、それなりの冊数がある。一方長江家では、マンガはほとんど見ない。だから咲ちゃんにとっては、ここは夢の国だろう。といっても、別に長江夫妻がマンガ否定派というわけではない。単に興味がないだけだ。家庭環境というものは、こんなところにも現れる。

「それで」大人だけになった食卓で、あらためて渚が身を乗り出した。「そういえばって?」

「そうそう」わたしはちらりと子供たちを見た。すでに子供たちはマンガに夢中だ。こちらに関心を向けてはいない。

「大の上級生でね。この春、中学受験した子がいたんだ」

「それはまた、面倒な」

渚が素直すぎるコメントをした。

「いや、そうでもない」長江が横から言った。「教育も商品だ。義務教育が基本料金とすると、追加料金を払うとオプションが付いてくるイメージだな。オプションが付けば付くほど商品力は上がる。その追加料金が私立の学費で、オプションが私学独自のカリキュラムということになる。子供の将来のために、できるだけいい商品を買いたいのは人情だ。追加料金を支払う経済力があるのなら、オプションを手に入れる資格を得るために、中学受験をする。そういうことだよ」

さすがは大学勤務。研究機関であると同時に教育機関でもあるから、中学高校の事情にも詳しい。

当の長江は、地元でトップクラスの県立高校を出ているはずだ。もっと上を狙《ねら》えたのに、あえてわたしたちと同じ大学に進学したのは、やりたい研究ができる研究室があって、授業料免除の特待制度を利用できたからだ。本人は「生徒に全然勉強させない高校だったから、うっかり流されて落ちそうになった」と言っていた。いわば基本料金だけというわけだけれど、それでも特待合格できるくらい、長江が優秀だったということだ。

一方わたしは、中堅校で先生にガミガミ言われながら、なんとか合格を勝ち取ったクチだ。上から降りてきた長江と、下から上がってきたわたしが同じ大学に入ったわけだ。それで生涯の友だちに出会えたわけだから、努力した甲斐《かい》はあったと思う。

「長江くんの言うとおりだけど、面倒なのは、間違いないね」

わたしが素直に答えると、渚が面白がるような顔になった。「そういえば、大くんも学習塾に通ってるんだっけ。やっぱり、中学受験をさせるのか？」

わたしは横目で健太を見た。健太が代わって答える。

「そのつもりです」

「やっぱり、オプション目当てで？」

健太が困ったように頭を掻《か》いた。

「もっと消極的な理由です。学区の公立が、今ひとつ評判がよくないものですから」

学区の公立中学校が荒れているという評判は、あちこちから聞こえてくる。大の小学校を卒業してその中学校に入った子の父兄に会うと、よく愚痴《ぐち》をこぼされる。わたしがそう言い添えると、渚が腕組みした。

「そういえば、この前聞いた将棋シスターズも、同じ理由で中学受験したんだっけ。けっこう深刻な話なんだな」

妻の言葉に、長江が難しい顔になった。

「そういえば、うちの学区は大丈夫なのか？」

「今のところはね」渚が留保付きで答えた。「今は荒れてるわけじゃないらしい。でも公立中学校は、年によって変わるからね。咲が中学に上がる頃には、どうなってるやら」

長江がマンガを読む娘を、不安げに見やった。独身時代には、見ることのなかった表情。悪魔に魂を売って頭脳を買ったと評された男も、父親になったのだと実感する。

「咲ちゃんは、どうするの？」

「まだ考えてない」渚が即答した。「四年に上がるときに決める。仲のいい友だちが受験するって言いだしたら、じゃあわたしもってなるかもしれないし。それで、大くんの先輩はどうだったんだ？　将棋シスターズと同様、公立が荒れてたから避けたのか？」

渚が話を戻した。わたしは曖昧《あいまい》に首を振る。

「半分正解。わたしがPTAの委員でつき合いのあった二人のママさんの子供が、中学受験組だった。一人は森山将希《もりやままさき》くんで、もう一人が小杉乃綾《こすぎのあ》ちゃんっていったな。この二人、両親が対照的でね。森山家は、公立の状態がどうであれ、とにかくレベルの高い私立中高一貫校に入って一流大学を目指そうって燃えてる家庭。長江氏の表現を借りれば、フルオプションを付ける気満々だった。一方の小杉家は、荒れてる学校を避けて、私立の女子校でのびのび育てようっていう方針だった」

「そりゃまた、対照的だな。中学受験に詳しくない身としては、森山家の方が、いかにも受験家庭って感じだけど」

「塾が煽《あお》るから、みんな大なり小なりそんなところはあるけど、森山家は別格。委員会で二人のママさんと一緒になる度《たび》に、話を聞いたんだ。こっちも受験を考えてるから、参考になるかと思って。そしたら、二人がしてくれる話がまるで違ってたから、逆に混乱してしまった。まるで、違う競技の話を聞いてるみたいだった」

「受験は、競技だったのか」

渚が苦笑する。わたしも笑って紹興酒を飲んだ。

「少なくとも、森山家はアスリートだったね。幸いというべきか、東京に私立中学は山ほどある。遠距離通学も考慮に入れたら、選択肢はものすごい数になるんだよ。神奈川や埼玉、千葉の学校に通ってる子もいるくらいだし」

「なるほど」渚は察したようだ。「森山家は、それらすべてを調べまくったわけか」

「そういうこと。うちも調べてるけど、比較にならない。女子校と、あまりにも偏差値が低い学校以外は、ほとんど網羅してた。それどころか、四国や九州の私立に入れて、寮生活させることまで考えてたみたい」

「すごい親だな」渚がげんなりした顔をする。そこまでやらなければならないのなら、中学受験なんかしなくていいやと言いたげだ。

「結局、家から一時間くらい通学にかかる男子校を第一志望に定めた。それだけじゃない。日程の調整さえつけば何校でも受けられるのが私立中学受験の特徴だから、第一志望から第七志望くらいまで決めて、全校合格をめざした」

もう渚はコメントしない。唇をひん曲げただけだ。曲がった唇で手羽中を食べる。

「小杉家は対照的で、無理のない通学時間の学校を何校か調べて、じゃあここって感じ。後は、滑《すべ》り止めとしてもう一校。もちろんどちらも、オープンスクールや文化祭に乃綾ちゃんを連れて行って、本人が気に入った学校だけど」

「学校選びがそんな調子なら」健太が苦笑する。「勉強のさせ方も、ずいぶん違ったんだろうな」

「そうだね」森山ママの、決死隊のような表情を思い出す。「森山家は、合格実績がいい学習塾に入れた。塾からは山のように宿題が出るから、家でもずっと、数学が得意だったお父さんがついて勉強。お父さんも『自分たちは中学受験していないから、子供には何としてでもいい学校に行ってほしい』って、熱血指導。といっても、子供は基本的に勉強が嫌いだから、おだてたりなだめたりすかしたり、相当がんばってたそうだよ。わたしは将希くん本人も知ってるけど、明るくてしっかりした、いい子だったな。それなのに勉強ばかりさせられて、少しかわいそうだった」

「絵に描いたような教育一家だな」渚がため息交じりにコメントした。「それこそ、マンガみたいだ」

「実際はもっと生々しいけどね」わたしも眉間《みけん》にしわを寄せた。「将希くんはともかく、ママ自身は、相当打ち込んでたんだろうな。こちらから聞かなくても現状報告をしてくれたから、最大の関心事だったたってわけ」

「一方、小杉ママは違った」

健太が先を促す。わたしは紹興酒を飲んでうなずいた。

「小杉家も親が中学受験組じゃなかったから、やっぱり中学受験に特化した学習塾に入れたんだけど、お父さんは毎日帰りが遅くて、家で勉強を見てあげられない。だからか『うちの子、家で全然勉強しないの』って、個別指導塾にも登録して、塾の宿題をやってたって話」

「なんだか、無駄の極致みたいな話だな」渚は呆れ顔だ。「余計なお金を使ってるだけという気がする」

「そう思うけど、乃綾ちゃんは一人っ子だったから、お金を使えたんだろうね。森山家は、確か将希くんが長男で、弟くんと二人兄弟だった。弟くんは大のひとつ下の四年生だから、もう学習塾に通ってるはず。弟くんにも同じお金を使うと思うと、くらくらする」

我が家も一人っ子だから、子供の教育費はそれほど家計を圧迫しない。しかし塾や習い事をやっていると、銀行口座から月謝がどんどん引き落とされていくから、お金を使っているなという実感はある。まあ、森山ママの様子を思い出すと、受験に関しては、金に糸目はつけない方針なのだろう。

「それにしても」健太が不思議そうに言った。「同じ中学受験をしてるママ友で、受験に対する姿勢がそんなに違ってたら、人間関係は大丈夫だったのかな」

常識人の夫らしい疑問だ。

「それは大丈夫だった。志望校が重なってたらライバル視していたかもしれないけど、なんといっても男子校と女子校だから。同じ競技でも、リーグが違うようなもの。森山ママは小杉ママのやる気のなさに呆れてたみたいだけど、もちろん口には出さなかった。小杉ママの方も、森山ママの受験話をニコニコしながら聞いていただけ」

「ふうん」

渚の目がまた三日月になった。

「そこまで面白い展開ってことは、結果も面白かったわけだな」

あまりに不謹慎なもの言いに、さすがにたしなめる。

「面白かったわけじゃないよ。でも、想像してるとおり。東京の中学受験は二月一日から五日くらいまでの間に集中して行われるんだけど、将希くんは、まず二月一日に受験した第一志望の学校は不合格だった」

「あら」

他人の不幸を面白がる性格とはいえ、さすがに子供の不幸は別と見える。渚は本気で残念そうな顔をした。

「でも森山ママはめげない。中学受験の面白いところは――学校によるんだけど――試験当日の夜に合格発表がある場合が多いことなんだ。しかも、直前の出願でも受験できちゃう。試験前日の二十三時五十九分まで学校のホームページから出願できるんだよ。だから一日の結果を知ってから、二日以降の受験校を出願できる。森山ママは第一志望の学校が不合格とわかると、即行で二月二日の第二志望の学校に出願した」

渚は身を乗り出した。「それで、結果は?」

「二日の第二志望も落ちて、三日には志望校の試験がなかったから、四日の第三志望を出願して、ようやく合格。結局、その学校に進学した」

「うーん」

コメントに困ったか、渚が人差し指で頰《ほお》を搔いた。「そして小杉家は――」

「二月一日の午前中に第一志望、午後に滑り止めを受けて、どちらも合格。もちろん第一志望の学校に進学したよ。電車で十五分くらいの場所にあるから、本人も楽だって喜んでた」

予想どおりの展開に、渚が口元を緩《ゆる》める。

「森山坊ちゃんには気の毒だけど、やっぱりそういうオチか」

「まあね。森山ママは、呑気《のんき》にしてた小杉ママが成功したことに納得してなかったみたいだけど、誰を恨《うら》む筋合いのものでもない。だから小杉ママを前にしても態度が悪くなることはなかった。でも、その後が悪かった」

渚が身を乗り出す。この女、本当に他人の揉《も》め事が好きだ。

「卒業式の日だった。わたしもPTAの役員だったから卒業式に行ってたんだ。そこで、小杉ママが他のママさんと話をしているところに居合わせた。乃綾ちゃんが中学受験して合格したことはみんな知ってるから、ママ友は当然『おめでとう』って言うわけだよ。そしたら、小杉ママは片手をぱたぱた振りながら『塾に放りこんだら、いつの間にか受かってた』って答えたんだ。それを、森山ママが聞いちゃったんだ」

「うわあ」修羅場《しゅらば》を想像したか、健太が顔をしかめた。でもわたしは首を振る。

「さすがに、卒業式の場で詰め寄ったりはしなかったよ。でも、小杉ママの後ろ姿を、ものすごい目で睨《にら》んでた。あれは、怖かったな。もっとも一人娘の乃綾ちゃんが卒業したら、小杉ママは小学校とは縁がなくなるから、森山ママと会うこともなくなる。だからそれっきりだよ」

「そうか」渚がようやく納得がいったという風に、一人うなずいた。「夏美は圧力鍋の話をしていて、小杉ママが『いつの間にか受かってた』って言ったのを思い出したから、この話をしたのか」

「そういうこと。圧力鍋と学習塾の違いはあるけど、入れっぱなしにしていたことは同じだからね」

「逆に言えば、森山ママは鍋に任せっきりにせずに、自分であれやこれや手を加えたから、料理を失敗した」

あまりの言われようだ。わたしは重々しく首を振る。

「そこまで悪い結果じゃないよ。第三志望っていっても、いい学校だよ。管理型の教育でビシバシ勉強させせてるおかげで、進学実績が伸びてるし。この前、駅で将希くんとばったり会ったから、ちょっと話をしたんだ。厳しい学校で勉強は大変だけど、部活のバスケットボールは面白いし、友だちもたくさんできて、毎日楽しいって言ってた」

「そりゃよかった」

将希くんと大を重ね合わせたのか、健太が安心したように息をついた。

「とはいえ」渚が慨嘆《がいたん》するように天を仰《あお》いだ。「森山ママは納得いかないだろうな。あれだけ受験に打ち込んだのに第一志望に入れなくて、そんなに受験に興味のなさそうな小杉ママが成功したんだから。挙《あ》げ句《く》の果てに『いつの間にか受かってた』なんて言われたら。睨みつける気持ちもわかる」

今度は森山ママに感情移入している。さっきまで、不幸を楽しんでいたくせに。まあ、この話を聞いて小杉ママには感情移入しないだろう。

渚はすぐに表情を戻した。

「しかし、いい話を聞いた。森山ママみたいに入れ込まなくても、受験はできるってことだな」

「そうじゃなきゃ、困るよ。来年のうちが、そうなんだから」

ひたすらマンガを読んでいる大を見る。来年の今頃は、さすがにマンガどころではないだろう。今のうちに読んでおけよ。

咲ちゃんはどうだろう。なんといっても、長江と渚の子供なのだ。優秀な頭脳を持っていることは疑いない。たまに会って話をするだけでも、それは十分に感じられる。この子なら、マンガを読みながらでも一流校に入れそうな気がする。

優秀な頭脳を子供に引き継いだ長江が、手羽中を口に運んだ。よく嚙んで飲み込む。

「森山坊ちゃんが進学したのは、第一志望じゃなかったかもしれないけど、充実した中学校生活を送っている」

そんなことを言った。「じゃあ、小杉嬢ちゃんの方はどうなんだろう」

「楽しんでるみたい」

先日のことを思い出しながら答える。「大の同級生の女の子が、乃綾ちゃんの中学の文化祭に行ったんだって。そしたら乃綾ちゃんに会って、すごく楽しそうにしてたって言ってた。校則が緩い学校で、先生も生徒も、自由な雰囲気だったらしい。小杉ママはのびのび育てたいって中学受験させたんだけど、本当に思い通りになったって感じだね」

「そうか」

妙に納得顔になった。その様子に、健太が軽く首を傾《かし》げる。「どうかしましたか？」

長江は顔を上げた。

「森山坊ちゃんも小杉嬢ちゃんも、中学校生活を楽しんでいる」

そして、紹興酒をひと口飲んでから続けた。

「散々苦労した小杉嬢ちゃんはもちろんとして、優しくされた森山坊ちゃんまで充実した中学校生活を送れてよかったと思います」

リビングは静まりかえった。

奥の方ではマンガを読んでいる咲ちゃんのくすくす笑いが聞こえるけれど、大人たちのいる空間は、間違いなく無音だった。

「ちょっと、揚子江」

渚が沈黙を破った。「どういうこと?」

「どうもこうも」渚の夫は当たり前のように答える。「小杉嬢ちゃんは大変な思いをして勉強したから、合格できた。森山坊ちゃんは緩かったにもかかわらず合格できた。実にめでたい。そういうことだよ」

それじゃあ、そのまんまだ。わたしが文句を言うと、長江は笑って「ごめん、ごめん」と謝った。

「そもそも、話が間違ってる」

渚が頰を膨らませる。「森山ママは受験に真剣に取り組んで、小杉ママはそれほどでもなかった。それなのに結果が逆になったから、不思議だって話をしているのに」

「不思議」長江が突然真顔になって、妻を見つめた。「本当に?」

「え、えっと……」正面から見つめられて、渚が戸惑《とまど》ったように口ごもる。

「そうか」健太が瞬《まばた》きした。「行動と結果が逆だったから、不思議に思える。でも不思議じゃなかったら、前提を疑わなければならない。結果は動かしようがないから、行動の方を見直す必要がある。そういうことですね」

長江が視線を渚から健太に移した。にっこりと笑う。

「そういうことです。僕はそんなふうに考えました。もちろん、小杉嬢ちゃんがとんでもなく賢《かしこ》かった可能性もありますけど、そうでなくても、それこそ不思議はないと思います」

「わかんないな」渚が唸《うな》った。「揚子江は、何が言いたいんだ?」

「そうだな」長江は宙を睨んで、少し考えをまとめる仕草をした。すぐに視線を戻す。

「まず前提から始めようか。森山ママも、小杉ママも、私立に入れたかった。理由は違って、森山ママは偏差値の高い進学校に入れたかったから。小杉ママは荒れている公立中学校を避けたかったから」

「そうだね」わたしが首肯する。認識は間違っていない。反対意見が出ないことを確認してから、長江は話を進めた。

「もうひとつの前提。森山家も小杉家も、中学受験ははじめての経験だった」

「それも正しい」先ほど説明したことだ。「どちらの家も、親自身は経験がない。加えて将希くんは二人兄弟の長男だし、乃綾ちゃんは一人っ子なんだから」

長江は満足そうにうなずく。

「小杉ママの立場で考えてほしい。絶対に、地元の公立には入れたくない。それが大前提なら、中学受験を失敗しても公立に入れればいいやとは考えないだろう」

「そのとおりですね」健太があまりわかっていない顔で相づちを打つ。長江はまたうなずいた。

「小杉ママにとって、受験は絶対に失敗できない一大事だ。しかし自分には中学受験の経験はない。はじめての挑戦なのに、失敗できない。これって、かなりのプレッシャーじゃないか？　こんなとき、人間はどんな行動を取るだろうか」

「めちゃくちゃ努力をするだろうな」

渚が答えた。「失敗できないのなら、子供の成績がどのくらいで、どの学校なら合格しそうかを徹底的に調べるだろう。もちろん私立ならどこでもいいわけじゃないから、入れそうな学校の中で、最もいい学校を探し出す——あっ！」

渚が目を見開いた。

「そうか。本来なら、小杉ママこそが、中学受験に入れ込まなければならなかったのか」

「そういうこと」

長江は妻の理解に嬉しそうな顔をした。

「でも、変じゃんか」わたしが異を唱えた。「現実には、小杉ママはそんなことをしていない――ああ、そうじゃないか」

先ほどの健太の指摘を思い出した。「そんなことをしていないという現実を疑うんだった」

健太が後を引き取った。

「周囲に話していないだけで、実はものすごく調べていたってことですか」

長江は一度首を縦に振り、続いて横に振った。

「正確に言うならば、話してもいます。小杉ママは、調べていないとは言っていません。無理のない通学時間の学校を何校か調べてと言っています。東京の私立校は山ほどありますから、何校かといっても、相当な数になることは想像に難《かた》くありません」

言われてみれば、そのとおりだ。小杉ママからは、具体的な学校数を聞いたわけではないのだから。通学に無理のないという範囲をたとえば一時間とするならば、数十校はカウントされるだろう。

　長江は三人の大人を等分に見た。

「さあ、小杉ママの置かれた状況を整理しよう。娘を私立の女子校に入れて、のびのびと育てたい。たまたま電車で十五分のところにぴったりの学校があったから、どうしてもそこに入学させたい。中学受験の経験がないのに、失敗できない。そんな状況だね」

「なんだか、ますます森山ママと状況が似てきたな」渚が腕組みをする。「娘にそれこそビシバシ勉強させてても不思議はない」

　しかし長江はきょとんとした顔をした。「させてるじゃないか」

「えっ？」わたしと渚が同時に声を上げた。

「おいおい」長江が呆れたように言う。「森山ママは、息子を中学受験に対応している学習塾に入れた。そして塾の宿題を父親が教えている。じゃあ、小杉ママは？　娘を中学受験に対応している学習塾に入れた。そして塾の宿題を、個別指導塾で教えてもらっている。やっていることは同じだ。どちらの家も、同じように子供に勉強させてる」

「あ……」

　わたしは口を開けた。言われてみれば、そのとおりだ。自分で話したことなのに、長江に指摘されるまで気づかなかった。

長江が慰《なぐさ》めるように続ける。

「夏美は、森山ママとも小杉ママとも会っているからな。森山ママの強烈《きょうれつ》なキャラクターのおかげで、森山坊ちゃんばかり勉強させられているように感じた。でも、冷静に考えれば、小杉嬢ちゃんだって勉強させられてたんだ。ただ、させられ方が違っていた」

「勉強のさせられ方」健太が繰り返す。「父親と個別指導塾の違いのことですか？」

「そうです」長江は紹興酒を飲んで、グラスを置いた。「ここに、両家の考え方の違いを見ることができます。森山家は優しく、小杉家は厳しいという違いを」

「だから」声に苛立《いらだ》ちが混じっただろうか。「それって、まったく逆じゃない」

前提を疑うという話だったのに、そう反論してしまった。

長江は苦笑に近い表情を浮かべた。

「経験がない森山家は、中学受験についてものすごく調べた。その結果、進学塾なしではどうにもならないと判断して、子供を塾に入れた。塾では大量の宿題が出る。それを、家で父親が教えた」

「全然、おかしくないじゃんか」渚が口を挟んだ。「それに、優しくない」

「そうかな」長江はそう言って、健太を見た。「平日の夜、家で、父親がずっと子供と一緒にいてあげられる。子供にとって、どんな環境なんでしょうね」

「嬉しいでしょうね」健太は即答した。そしてマンガを読みふける大を見やる。「僕は平日の夜、大が起きている時間に帰ることはあまりありません。親子の触れ合いがない。週末にリカバーするにしても、いつも申し訳なく思っています。でも森山家には、父と子の触れ合いがある」

「同感です」長江は嬉しそうにうなずいた。「僕も毎晩遅いので、状況は冬木さんと同じです。好きではない勉強とはいえ、父親がずっと傍《そば》にいてくれる。子供にとっては嬉しいと思います。塾だけでは息が詰まるところも、気分を変えられる。しかも、問題が解けたら父親が褒めてくれる。森山坊ちゃんにとっては、大変ながらも充実していたのではないでしょうか。森山両親が意図していたかはわかりませんが、親が常に寄り添っていた。間違いなく、優しいと思います」

「でも、小杉家は違った……」

渚が言ったが、完全に理解してはいない響きを伴っていた。「どんなふうに?」

「小杉家はドライだ」長江は潔《いさぎよ》いくらい、はっきりと言い切った。「森山家と同様、中学受験ははじめて。同じように調べたところ、進学塾なしではやっていけないこともわかった。塾では宿題が山のように出る。そこも同じ。でも、その宿題をどうこなすかで判断が分かれた。森山家は父親がその役を担った。小杉家は、プロの力を借りることにした」

「それが、個別指導塾というわけか」

渚が唸る。ようやく理解したというふうに。「中学受験のプロが出した宿題を、中学受験のプロが指導してやらせる。確かに、学力を伸ばすにはいいだろう。でも、厳しい環境から厳しい環境に移るだけで、小杉嬢ちゃんは気が休まる暇がない。気分も変えられない。ずっと受験勉強の圧力に晒《さら》されるわけだ」

まるで、電気圧力鍋で煮られるように——渚は、そう続けた。

ようやくわたしにも、絵が見えてきた。はじめての中学受験に、一家総出で取り組んできた森山家。プロに任せて結果だけを得ようとした小杉家。

いつの間にか受かってた。

確かに、そのとおりだろう。プロが自由自在に動ければ、結果を残す。結果とは、乃綾ちゃんの合格だ。でもそれは、乃綾ちゃんを圧力鍋で煮た結果なのだ。

「結果が、仮説を証明している」

長江は少し悲しそうに言った。「森山家では、父親が熱血指導した。数学が得意ということだから、子供が最も苦手とする算数も、すらすらと解いて教えただろう。しかしそれは、我流の教え方だった。塾で行われる、中学受験に沿ったものではなかった。森山坊ちゃんは、塾と家庭で、まったく違う指導に相対することになった。当然、混乱するだろう。それは、単純に点数を取るという点に限っては、マイナスに働く。森山坊ちゃんが第一志望と第二志望の学校に落ちたのは、それが原因かもしれない」

わたしは、いつかのことを思い出していた。大学教授という勉強のプロである長江は、咲ちゃんに勉強を教えるのが下手だということだった。森山パパも同じなのかもしれない。なまじ勉強ができる分、受験にベストな指導ができなかった。

「一方、小杉嬢ちゃんは第一志望に合格した」

健太が引き取る。「小杉嬢ちゃんを指導したのは、プロだけ。本人がいくら大変でも、合格への最短距離を突き進んでいた。合格するのは、当然の帰結だった」

「ちょっと待った」渚が父親二人のやり取りに割って入った。

「小杉ママは、娘をのびのびと育てるために、私立の女子校に入れたんだろう？　そんなに、厳しく勉強させる必要はあるのか？」

もっともな疑問だ。しかし長江は首を振った。

「小杉ママは、娘をのびのびと育てたかった。のびのび。つまり小杉ママが理想としたのは、締めつけが厳しくない学校ということだ」

「そうだろうな」渚が同意した。「少なくとも、森山坊ちゃんが進学したような、管理型教育でビシバシ勉強させるような学校じゃない」

「そう思う。でも、大切なのは、のびのび型も管理型も、単に考え方の違いであって、そこに優劣はないということだ。私立校にはそれぞれ建学の理念がある。偏差値の高い学校なら厳しくて、低い学校なら緩いなんてことはない」

渚は瞬きした。「――ああ、そうか」

「卒業式のことを思い出してほしい。小杉ママが『いつの間にか受かってた』って言ったとき、森山ママがものすごい目で睨んでいたということだった。考えてもみてくれ。小杉嬢ちゃんが第一志望に合格したとしても、そこが森山坊ちゃんの学校よりも偏差値が低い学校だったら、森山ママの価値観からして、そんなに睨みつけるだろうか」

「乃綾ちゃんの進学先は、一流校ってことか……」

わたしは呟いた。

そうか。長江が出た高校は、地元ではトップクラスの進学校ということだった。それでも先生は勉強しろなんて言わなかったらしい。真に優秀な生徒がいる学校は、そんなものなのだろう。勝手にやって、勝手に伸びろと。もちろん、やる気のある生徒には最大限の指導をする。でもやらない生徒は、自ら滅《ほろ》びればいい。大多数の優秀な生徒が、一流大学への進学実績を確保してくれるから、底辺の生徒が大学受験に失敗しても、痛くも痒《かゆ》くもない。ある意味、自分の責任でのびのびと学校生活を過ごせる。乃綾ちゃんの進学先も、そんな学校だった。

「乃綾ちゃんは、のびのびとした中学校生活を送るために、小学校の間は気分転換もできず、ひたすら圧力をかけ続けられた。矛盾するみたいだけど、それが受験の現実。勝ち抜いた嬢ちゃんが、勝者というだけのこと」

「森山坊ちゃんは違った」渚が続ける。「熱血指導といいながら、実は甘い父親の独自理論によって混乱した。その結果、第三志望の学校に行くことになったわけだけど、努力は裏切らない。第三志望でも、充実した中学校生活を送っている以上、大成功だ」

渚はわたしをちらりと見た。

「というわけで、森山家タイプでも、小杉家タイプでも、中学受験はなんとかなるらしいぞ。冬木家は、どうするんだ？」

「うーん」わたしは考えるふりをした。「どっちでもないよ。一家一流。大は、将希くんでもないし、乃綾ちゃんでもない。塾の先生と相談しながら、ベストな道を探すよ」

「なんだ。面白くない」渚がわざとらしく嘆息《たんそく》する。「まあ、大くんなら、どんな道を進んでも、上手にこなすんだろうけどな」

「何、何ーっ？」

大がテーブルに近寄ってきた。ジュースを取りに来たらしい。ふたつのグラスにオレンジジュースを注いでやりながら、わたしは言った。

「今から受験本番まで、いかに大に圧力をかけるかって話をしてたの」

「ええーっ?」

大の腰が引けた。その様子がおかしくて、テーブルは笑いに包まれた。

「大丈夫だよ」

長江が友人夫妻の息子を優しく見つめた。

「大くんは素材がいいから、特別変わったことをしなくても、いい感じに仕上がるはずだ」

「それ、褒めてるの?」

念のために確認する。

「もちろん」長江は微笑《ほほえ》んだ。

「成長した大くんが、今から楽しみだよ」

適度という
言葉の意味を
知らない
CHARDONNAY
AUSTRALIA
Limestone Coast
EXQUISTE
COLLECTION
Ryu.

「ほほう」

我が家に一歩足を踏み入れたところで、長江渚が変てこな声を上げた。「ここが、冬木家の新居か」

「まあね」

玄関で出迎えたわたし——冬木夏美が、胸を張る。「とにかく、上がってよ」

「おじゃましまーす」

長江夫妻の一人娘、咲ちゃんが元気よく挨拶《あいさつ》して、靴を脱いだ。長江高明が手に持ったレジ袋を目の高さに差し上げる。

「はい。今日の酒」

「ありがと」

ボトル二本分の重さを受け取り、三人をリビングに案内する。

前の家よりも広くなったリビングダイニングキッチンでは、夫の健太と息子の大が、エプロン姿でテーブルをセッティングしていた。

「いらっしゃい」

「どうも」言いながら、長江高明が目を細めた。「大くん、エプロン似合うね」

大は恥ずかしそうに頭を掻《か》こうとしたけれど、食べ物を扱っている最中だということを思い出したらしく、手を止めた。

「今どき、家事のできない男に価値はないでしょ」

わたしが言い放ち、渚がうんうんとうなずく。といっても、健太は一人暮らしが長かったから、家事は何でもこなす。料理に至っては、わたしより上手なくらいだ。別に夫が頼りないから、息子を教育しているわけではない。

「大。咲ちゃんが来たから、先にごはんを食べて」

「うん。わかった」

エプロンを外して、手を洗う。代わってわたしがキッチンに入り、受け取った酒を冷蔵庫に入れた。そして前もって準備しておいた子供用の夕食を盛り付ける。

渚が皿を覗《のぞ》きこんだ。「豚の角煮だな」

「そう。この前話した電気圧力鍋が、大活躍。甘辛く味付けしてあるから、子供にはぴったりでしょ」

「酒の肴《さかな》でなくてか」

「何でもかんでもお酒に結びつけない」

「夏美にだけは言われたくない」

旧友とくだらないやり取りをしながら、レタスのサラダを取り分ける。茶碗《ちゃわん》にごはんを盛り、コップに麦茶を注《つ》いだ。

「準備できたよ」

はーい、と元気のいい返事と共に、子供たちが食卓に着いた。「いただきまーす」

「大人たちは、とりあえず、これね」

ビールとジャイアントコーンを出した。乾杯して、わたしはまたキッチンに戻る。これから、メインの肴を調理するのだ。

わたしと長江夫妻は、学生時代からの友人だ。三人とも性格はまるで違うのに、なぜかウマが合って、三人でよく飲みに行っていた。就職先が三人とも首都圏ということもあって、社会人になっても、スケジュールを調整して、長江の部屋で飲んでいた。わたしが健太と結婚すると、健太も加わって四人の飲み会が続いていたのだ。

ところが、長江と渚が結婚してしばらくすると、長江がアメリカの大学に移籍してしまった。渚は当然のようについていき、現地で咲ちゃんが生まれた。このまま一生会えないかと思っていたら、長江が母校に准教授として戻ってきた。そうして、再び家族ぐるみの飲み会が復活したのだ。

独身時代は長江の部屋が会場だったけれど、お互い子供もできたから、今は両家を行き来している。今回は我が家、それも新居だ。

「やっぱり、新築は綺麗《きれい》ですね」長江が室内を見回した。「マイホームを購入するきっかけみたいなものは、あったんですか？」

「きっかけというか」健太が答える。「正直、迷ってました。家を買うってことは転居するってことですから、大の通学も考えなきゃいけませんし。そしたら、近くのマンションが一部屋売れ残っていて、安売りしてたんですよ。発売したときには高くて手を出せないかと思っていたら、手の届くところまで価格の方が下りてきてくれたおかげで、決心しました」

渚が不思議そうな顔をした。「マンションって、そんなに値下げするものなんですか？」

「なんでも、建って一年過ぎると、新築って言えないんだそうです。そうなると価値が相当下がるんで、値段を下げても新築と言えるうちに売ってしまいたかったって、不動産会社の人が言っていました」

「そこにつけこんで、旦那《だんな》がもっと値切ったんだけど」

わたしがキッチンから口を挟む。新居はカウンターキッチンだから、調理しながら会話に参加できるのだ。

「ほう」渚が身を乗り出してきた。「いかほど？」

さすが、ずけずけと聞いてくる。わたしはまるで自分の手柄のように答えた。「まあ、新車を一台買えるくらいかな」

「それはすごい」

「さすがに、担当営業さんも独断では決められなくて、社内稟議《りんぎ》が通ったらって」

長江が目を丸くした。「冬木さんって、購買か営業でしたっけ」

「いえいえ。人事担当です」

「しかも、関西人でない」

「はい。新潟です」

色々と各方面に失礼な発言が飛び交う中、肴ができあがった。

「はい、お待たせ」

フライパンから皿に移し、健太に手渡す。受け取った健太が、皿をテーブルに載せた。

「豚バラ焼きです」

そのとおり。皿には、二センチ四方くらいにカットされた豚バラ肉が、こんがりと焼けている。

「見た目、焼鳥っぽいですね」

長江がコメントした。肉のサイズからの連想だろうか。それに健太が答えようとする直前に、横から大が言った。

「食べていい？」

見ると、もう自分の夕食は食べ終わっている。

お客さん用だからダメと言おうとする前に、長江が「いいよ」と気軽に答えた。大が箸《はし》を伸ばして、ひと切れつまむ。続いて咲ちゃんも。同時に口に入れた。

「…………」

「…………」

二人とも微妙な顔になった。バラ肉の脂《あぶら》が口に合わなかったのだろうか。「もう、いいや」と大が箸を置き、咲ちゃんも「ごちそうさま」と手を合わせた。

「君らには、まだ早い」

渚がカラカラと笑う。こちらとしては、子供たちに食べ尽くされなくて助かった。

「二人とも、遊ぶんなら、手と口を拭《ふ》いてからにしてね」

「うん」

二人の子供は素直にいうことを聞いて、新調したソファでマンガを読み始めた。これからは、大人の時間だ。

「お酒は、持ってきてもらったやつ」

冷蔵庫からボトルを取り出した。白ワインだ。グラスを四脚並べる。

「しっかりとした白ワインというリクエストだったから、オーストラリアのシャルドネにしたよ」

渚の説明どおり、ラベルにはメード・イン・オーストラリアと書かれてある。白いラベルが涼しげだ。スクリューキャップを開栓して、四脚のグラスにワインを注いだ。

「熱いうちに食べて」

再びグラスを触れ合わせた。

まず、豚バラ肉をひとつ取る。口に入れた。「カリッ」とも「サクッ」ともいえる食感と共に、脂の旨味《うまみ》が口に広がる。さらに嚙《か》むと、今度は肉の旨味がしっかりと出てきた。続いてワインを口に含む。果実味たっぷりのボディが口の中の脂を洗い流して、すっきりとした後味を残してくれた。うん。これは合う。

「ふむ」渚が自分にするようにうなずいた。「これは、いいな」

「でしょ」

長江も豚バラ肉を囓《かじ》り、ワインを飲む。

「そういえば、冬木さんはさっき、何か言おうとしてましたが」

「そうそう」健太はグラスを置いて、口を開いた。「長江さんが焼鳥っぽいと言いましたが、まさしくそのとおりなんです」

さすがに説明不足だ。当然本人もわかっているようで、すぐに話を続けた。

「人事担当ってのは、出張であちこちの工場や営業所に行くことが多いんです。この前も博多《はかた》に行ったんですが、そこで支店の同期と焼鳥屋に行きまして。あちらだと、『やきとり』っていえば豚バラ肉なんですよね。それがおいしかったんで、うちでも再現できないかと思って、試してみたんです」

「家だと、わざわざ串に刺す必要もないからね」わたしが後を引き取った。「炭火で焼いて余計な脂を落とすなんてこともできないから、フライパンで焼いたんだ。熱を加えると脂が溶け出してくるから、豚自身の脂で揚げ焼きする感じ」

「なるほどねえ」

箸でつまんだ豚バラ肉を、渚がしげしげと眺めた。「口で言うほど簡単な料理じゃないな。脂の落としが足りないとしつこいし、食感も悪い。落としすぎるとパサパサになって、旨味が失われてしまう。適度に脂を落として、適度に揚げ焼きするのは、相当な技術が要《い》るぞ」

「相当な技術かどうかはともかく、試行錯誤はけっこうしたよ」

「たいしたもんだ」本気の口調だった。渚は口は悪いけれど、酒と食べ物に関しては賞賛を惜《お》しまない人間だ。

「博多だと焼酎のイメージが強いですけど、白ワインも合うんですね」

長江が、こちらも本気で感心した口調だ。健太がうなずく。

「白ワインを合わせるのも、焼鳥屋の大将に教わりました。タレをつけると合わないかもしれませんが、今回みたいに塩だけで味付けすると、余計な味が入り込まなくていいです」

「なるほど」渚が豚バラ肉を口に運ぶ。「コショウすら振っていない。肉の旨味で勝負ってことか」

「コショウを振ったら、それはそれで合うと思います」

どうも、このメンバーで飲むと、世界の真理に肉薄できそうな気がしてくる。でもみんな、正気に戻れ。わたしは、豚肉をフライパンで焼いただけだ。

渚がまたひと切れ口に入れた。

「うん。やっぱり絶妙だ」白ワインを飲む。「バラ肉の魅力は、やっぱり脂だろう。それをあえて落とすことで、魅力を最大化する。落とさなければならないけど、落としすぎもしない。ちょうどいい、適度な感じが素晴らしいな」

大げさな奴だ。わたしはちらりと咲ちゃんを見た。彼女も成長したら、母親に似てこんなキャラクターになるのだろうか。できれば、そうなってほしくない。

「適度」健太が繰り返した。「そうですね」

その口調には、単なる相づち以外の響きがあった。わたしが軽く首を傾げると、健太はグラスを置いた。

「会社の元部下を思い出したんだ」そう言った。「夏美は憶えてるかな。杉安《すぎやす》くんってのが人事にいたの」

名前を聞かされて、やや下ぶくれの、愛嬌《あいきょう》のある顔だちが浮かんだ。

「ああ、いたね。でも、辞めちゃったんじゃなかったっけ」

「うん、去年辞めた。海外の仕事がしたかったんだけど、人事から異動させてもらえなかったから、貿易会社に転職したんだ」

「あれ？」記憶を辿《たど》る。「そんな理由だったっけ。松丸結季《まつまるゆき》ちゃんと別れたから、傷心して辞めたんじゃなかった？」

「違う、違う」

夫が片手を振る。「松丸さんと別れたのは本当だし、時期も近いけど、志《こころざし》あっての転職だ」

「向こうでも、人事をやらされてたりして」

「いや、さすがに採用時に約束してくれたらしい。今は、中国や東南アジアを相手に、楽しく駆けずり回っているそうだよ」

「それはよかった」渚が口を挟んできた。「それで、その杉安氏が、どうかしたんですか？」

「それがですね」本題を思い出したように、健太が長江夫妻に向き直った。「緻密《ちみつ》で正確な仕事をする奴だったんですが、どうも『適度』という言葉の意味を知らないらしくて」

「といいますと？」

「極端なんです」健太が懐《なつ》かしそうな目をした。「始めたら、徹底しないと気が済まない性質《たち》なんです。たとえば友だちに誘われてスキーを始めたら気に入ったらしくて、雪山に通い詰めてインストラクターの資格を取りました」

「それは、すごい」

「転職のきっかけになった海外の仕事だって、前はそんなに興味がなかったんです。むしろ、英語が苦手なくらいでした。でも会社で英会話教室の補助を出す制度ができたときになんとなく受けることにしたら、これまた不自由なく話せるまでに上達したんだから、たいしたものです」

「努力できる人なんですね」この場にいない若者に共感したのか、長江が穏やかに微笑《ほほえ》んだ。「万人が同じように努力できるわけじゃないですから」

「そのとおりです」健太は素直にうなずいた。「ただ、万事にそうだったわけでもないんです。興味のないことに関しては、かなりぞんざいでした。しかも、ルールがよくわからない」

「ルールって、何に入れ込んで、何をぞんざいに済ませるかの区分けってこと？」

わたしが尋ねると、健太はうなずいた。

「そう。スキーとか英会話とか、相当な努力が必要なものには全力を尽くすけど、日常の雑事はぞんざいというのなら、わかるんだ。でも、必ずしもそうじゃなくてね。家事ひとつ取っても、洗濯はこまめにやるけど、掃除はぞんざい」

「洗濯はこまめ」大問題に直面したように、渚が腕組みした。「それって、単に洗濯しないと、着るものがなくなるからじゃないんですか？」

当然すぎる反応に、健太は首を振ってみせた。

「いえ、下着とかタオルならそうなんですけど、布団《ふとん》のシーツまで、毎週洗うんですよ。一人暮らしの独身男が」

「ほう」渚がちらりと長江を見た。「それは珍しい」

長江がさりげなくそっぽを向く。察するに、彼が一人暮らしのときは、頻繁《ひんぱん》にはシーツを洗濯しなかったらしい。長江の肩を持つわけではないけれど、一応反論する。

「っていうか、主婦だって、そんなに洗わないでしょ」

「まあね」自分の家を思い出したのか、渚が納得顔になる。もちろん、我が家もそうだ。布団は三組だけとはいえ、共働きではそうそう家事に時間をかけられない。布団のシーツなどは、優先順位がかなり低くなるのは仕方のないことだ。

「でも、それって」渚が声を低くした。マンガを読みふける子供たちをちらりと見て、話を続ける。「彼女さん——松丸結季さんだっけ——が泊まりに来るからじゃないんですか？」

いきなり話が生々しくなったぞ。

「そうかもしれませんが」健太も困った顔をする。「だったら、掃除もきちんとするような気がします」

「そうだね」わたしも夫に味方する。「そもそも若い女が、彼氏のシーツの洗濯頻度まで気にする？　あんた、どうだったんだよ」

渚が苦笑した。もっとも、わたしも同様だったから、偉そうなことは言えない。

「察するに」長江が口を開いた。「彼女さんは、潔癖症というわけじゃないんだね」

「そう」わたしが答える。「秘書室の子で、ショートカットのきりっとした美女。でも、本人が綺麗だからといって、彼氏の部屋まで綺麗にしてないと許せないってタイプじゃないね」

「普通の人ってことか」

渚が安心したように言った。松丸結季ちゃんが彼氏にシーツの洗濯を迫《せま》るような女性で、しかもそれが今どきの若い女性の標準だと言われたら、立つ瀬がない。そんな心情が見て取れた。

「とはいえ、冬木さんの話だと、掃除はぞんざいということだった。ぞんざいってことは、曲がりなりにもやってるってことだ。汚部屋《おべや》にシーツだけが綺麗ってわけじゃないんですね」

「そうです」

生々しい話が続いてヒヤヒヤしていたのか、こちらも安心した表情。「僕は行ったことがありませんが、中に入った同僚が言うには、お世辞にも綺麗とはいえないけれど、汚いと評するほどでもない、そんな感じだったらしいです」

「それはまた、微妙だな」想像しかねると言いたげに、渚が渋い顔をした。「どんな部屋だったんでしょう」

「実は、からくりがありまして」健太は答えた。「ロボット掃除機なんです」

「ロボット掃除機ですか」

渚が周りを見回した。まるでこの部屋が、ロボット掃除機で掃除されたかのように。残念ながら、便利家電好きな我が家でも、ロボット掃除機はまだ導入していない。さすがに、買ったばかりのマンションだから、普通の掃除機で綺麗にしている。

健太はうなずく。

「残念ながら、センサーやカメラが付いていない廉価版なんだそうです。だから、部屋の隅々まで綺麗にしてくれるわけじゃないらしくて、部屋の隅に、取り切れなかったゴミや埃《ほこり》が残ってるんだとか」

「ははーん」察しがついたとばかりに渚が頰《ほお》を吊《つ》り上げた。「掃除なんて面倒くさくてやりたくないけど、汚い部屋に住むのは嫌だ。だからロボット掃除機で掃除をした気になろうってところか」

「廉価版とはいえ、ある程度は綺麗にしてくれるだろうしね」

わたしも同意する。「朝、家を出るときにスイッチを入れていけば、帰ってきたときにはだいたいのゴミを取ってくれている。百点じゃなくて七十点狙いなら、十分役に立つ」

「別に、四角い部屋を丸く掃除するわけじゃないだろうし、ゴミを吸いきれないような隅は、自分も行かないし、それほど見ることもない」渚が腕組みした。「合理的といえば、合理的か」

「少なくとも本人は『適度な掃除だ』って言っていたらしいです」

ははは、と渚が笑う。「確かに、適度って言葉の意味を知らない」

「でも、そんな考えでロボット掃除機を使っているのなら」長江が後に続いた。「ある程度でも綺麗なのは床だけで、高いところは大変なことになってるんじゃないですか？」

「ご明察です」健太も笑った。「机の上は色々なものが出しっぱなしになっていて、拭くどころじゃなかったそうです。もっとも、物の多い部屋で、全体にごちゃごちゃした印象があるから、妙に馴染《なじ》んでいたらしいですが」

「洗濯はこまめで、掃除はぞんざい」

渚が、話を先に進める。「じゃあ、料理はどうだったんでしょうね」

「自炊はしていたみたいです。どんなレベルの料理をしていたかは知りませんが。ただ、片付けはぞんざいだったようです。同僚が行ったときには、使った食器が、流しにかなり溜まっていたとか」

想像したのか、渚が顔をしかめる。同感ではあるけれど、しょせん他人の部屋の話だ。

「でも、その状態の部屋に、よく同僚を入れる気になったね」

「いや、別に招待したわけじゃなかった」

健太がワインをひと口飲んで、続ける。「会社仲間で、近くの店で飲んでいたらしい。夏美も知ってるだろう。溝口《みぞぐち》くんと下山《しもやま》くんと野里《のざと》さん」

「――ああ。あのバカ声トリオ」

渚が瞬《まばた》きした。「なんだ？　それ」

「うちの会社に、やたらと声の大きい人がいるんだよ。それが、健太が言った三人。総務部長が会議室の前を歩いていたら、中から怒鳴《どな》り合う声がするから、ケンカしてるのかと思って飛び込んだくらいの大声。一人でも賑《にぎ》やかなのに、三人仲がいいものだから、大声の三乗。ラグビーをやっていた溝口くんと、応援団経験者の下山くんはわかるけど、ロングヘアさらりの令嬢タイプの野里さんまで大声なものだから、社内ではすっかり有名人だよ」

「それが」渚が健太を見た。「みんな、人事担当？」

健太が指先で頬を掻いた。「恥ずかしながら」

でも、みんな有能なんですよと、部下をフォローする。

「ともかく、その三人と杉安くんが飲んでいて、二次会代わりに杉安くんの部屋に押しかけたらしいです。ロボット掃除機のおかげで部屋の真ん中は綺麗ですから、そこで車座になって飲み直しました。僕が聞いたのは、そのときの話です。ただ、普通に話していても大声の客です。酔っていると、さらに声は大きくなる。隣近所から苦情が来て、もう二次会に使うのは御法度《ごはっと》になったそうですが」

「そうでしょうね」

杉安くんでなく、隣近所に同情するといった顔で、渚が首肯する。

代わってわたしが口を開いた。

「でもまあ、松丸結季ちゃんは、気にしなかったんだろうね。自分で掃除機をかけて、部屋をピカピカにしたりもしなかったし、食器を代わりに洗ってあげたりもしなかった」

「でも、別れたんだろう？」

「別に、部屋が汚いから別れたわけじゃないでしょう――って、本当のところは、どうなんだろう」

わたしは夫に顔を向けた。「どうなの？」

健太は首を振った。

「いや、別れた理由までは知らないな。ケンカ別れしたのかもしれないし、杉安くんの転職先が広島だったから、遠距離恋愛するくらいだったら別れようと思ったのかもしれない。それ以前に、彼女がいるのにわざわざ転職して遠くに行くって行為が許せなかったのかもしれない。転勤ならともかく」

確かに、どれもありそうな話だ。

「僕は松丸さんとは直接の知り合いじゃないから、話したことはない。フロアも秘書室と人事は違うから、別れた頃の様子も知らない。ただ、杉安くんの顔はしばらく虚《うつ》ろだった。ショックを受けてたんだろうな。さすがにバカ声トリオも話しかけづらかったのか、人事の部屋がしばらく静かだった。杉安くんが転職したのは、それから少ししてからだよ。松丸さんと別れて傷心のうちに会社を辞めたわけじゃなくても、本人としては松丸さんのそばから離れられて、ホッとしたかもしれないな」

話し終えて、健太はワインを飲んだ。豚肉をつまむ。

「というふうに、安いロボット掃除機を動かして『適度だ』って言う奴もいるんですよ。杉安くんに任せたら、この料理も、とんでもないことになりそうです」

「夏美が常識人でよかったってことですか」

渚が半笑いで答える。わたしが常識人とは片腹痛いと言いたげだ。

ちらりと長江を見る。この男も同意見かなと思ったら、こちらを見ることなく、淡々と豚肉を食べてワインを飲んでいた。

「ふうん」独り言のように呟《つぶや》いた。顔を上げて、健太を見る。

「杉安さんは転職して広島に行ったそうですが」

健太が答える。「ええ」

「広島だと、なかなかスキーにも行けないでしょうね。せっかくインストラクターの資格まで取ったのに」

「あまり気にしなかったみたいですよ」健太が思い出すような顔になった。「送別会のとき、溝口くんが同じことを言ったんです。でも杉安くんは、もうスキーはやり尽くしたからいいやって答えてました。それより、転職先の人に釣りに誘われてるから、瀬戸内海《せとないかい》で釣りをするのが楽しみだと」

「なるほど」長江がうなずく。「スキーには、車で行っていたんでしょうか。東京だと、車で行く人も少なくありませんが」

「車でした」健太が答える。「僕も見たことがあります。三十年くらい前の、フランスの旧車に乗っていました。中も外もぴかぴかに磨《みが》き上げていましたから、極端というほどでなくても、好きだったんでしょうね」

「その車は、どうしたんでしょうね」

「手放したそうです。東京には、旧車の面倒を見てくれる店がありましたけど、広島で見つかるかどうか、自信がなかったからと言っていました。もし向こうで釣りに深入りしたら、釣り用の車を買うんでしょうけど」

「そうかもしれませんね」

何でもないやり取りのようだけれど、違和感を抱いた。長江は、何を考えている？

「長江くん、どうしたの？」

訊《き》いてみた。

「杉安さんのことだよ」長江は白ワインを飲み込むと、グラスを置いた。

「失恋の逃げ場があって、よかったなって」

新築マンションの中は静まりかえった。防音はしっかりしているし、子供たちも黙ってマンガを読んでいるから、まさしく静寂が辺りを包み込んだという感じだ。わたしも健太も渚も、黙って長江を見つめていた。当の長江は、一人黙々と白ワインを飲んでいた。

「――揚子江」

渚が低い声で言った。「どういうこと？」

「どうもこうも」長江が妻の方を向いた。「さっき、夏美が言ってただろう？　杉安さんは失恋の傷心で会社を辞めたって」

「言ったね」

「そのとおりだよ。杉安さんは海外の仕事をしたかったから転職したわけじゃない。恋人と別れて逃げ出した先が、たまたま海外を相手にした会社だっただけだよ」

「全然、わかんない」わたしが言った。「説明してよ」

「うん」長江は素直にそう言って、考えをまとめるように、少しだけ宙を睨《にら》んだ。

「話のきっかけになった、適度って話から始めようか。杉安さんは、興味を持ったことは極めようとする性格だった。元々緻密で正確な仕事をする人らしいから、それは理解できる。スキーを始めたらインストラクターの資格を取る。英会話を始めたら、不自由なく話せるまでに上達する。そんな、徹底的にやる姿を見て、冬木さんは『適度という言葉の意味を知らない』と評した」

「そうですね」

　長江の真意がわからない、といった顔で健太が答える。

「その表現は、わかるんだ。趣味の域に留《とど》めておかない。そこまでやるのなら、時間もお金もかけなければならない。適度に楽しんで、他のこともやればいいのに。周囲はそう思うかもしれないけど、本人にとっては、ごく自然なことだった。ここで考えてみよう。杉安さん本人は、自分のことを『適度という言葉の意味を知らない』と考えていただろうか」

「えっ……」

意外な質問に、渚はすぐに答えられなかった。

「――考えないだろうな」

妻の答えに、長江は笑みを返した。正解だったからだろう。

「そう思う。もちろん、自分の取り組みが適度とは思っていないだろう。でも杉安さんにとっては、自然なことだ。言ってみれば杉安さんは『適度という言葉を知らない』だ。『適度という言葉の意味を知らない』じゃない」

「………」

渚は黙った。夫の正しさを認めたからだ。

「じゃあ、なぜ冬木さんは『適度という言葉の意味を知らない』と言ったのか。それは、ぞんざいな取り組みについても聞いていたからだ」

「掃除の話？　ロボット掃除機を使って、雑に綺麗にするっていう」

わたしは尋ねた。質問というより、確認のための合いの手だ。長江にワインを飲む間を与えるためでもある。さすが長いつき合い。長江はその隙《すき》にワインをひと口飲んで、わたしに向かって手刀を立てた。感謝を表す仕草だ。

「そう。話を聞くかぎり、杉安さんは掃除に関心がないようだ。というか、そんなことに手間と時間を使いたくない。だからロボット掃除機を使った。高い機種を使えば、もっと綺麗になったかもしれない。でも掃除に関心のない杉安さんは、掃除にお金をかけたくなかった。だから必要最低限の機能を備えた、安物で済ませた」

「そうだと思います」

やはりわかっていない顔で、健太が答える。長江はそんな健太に、申し訳なさそうに笑ってみせた。

「いい社会人なんですから、部屋が汚いことがいいことだとは思わないでしょう。あちこちにゴミや埃が残った状態でも、やらないよりはマシ。そう考えるのは、理解できます。そして、それを『適度な掃除だ』と表現した。徹底的にやることとのギャップが印象的だったから、冬木さんは『適度という言葉の意味を知らない』と言いました。それ自体は正しい表現だと思います」

またワインを飲む。

「でも、僕はここにひっかかりました。冬木さんの表現ではなく、『適度な掃除だ』と言った杉安さんの心情にです。どう考えても、中途半端な状態。それを適度というのは、明らかにおかしい。それでは『適度という言葉の意味を知らない』じゃなくて『適度という言葉の使い方を間違っている』です。不適切な表現なのに、あえて杉安さんは使った。明確な意志を感じます」

「明確な意志」渚が繰り返す。「何だ？」

長江は直接答えなかった。

「そこまで考えたら、今度はロボット掃除機という選択が怪《あや》しく思えてきた。冬木さんの話だと、杉安さんの部屋は物の多い部屋で、全体にごちゃごちゃした印象があるということだった。ロボット掃除機を使ったことがなくても、想像はつくだろう。ロボット掃除機は、床に物をたくさん置いてある部屋に、弱い」

テレビＣＭなどで見かけるロボット掃除機を思い出す。ＣＭの部屋は、広くて真っ平らな床を、ロボット掃除機が走っていた。物がたくさん置いてある部屋ではない。

「そうだね」

「部屋の真ん中は空いていたということだから、雑多な物は、部屋の壁際に置かれていたんだろう。でも、物のある場所は掃除できない。ロボット掃除機は、本当に部屋の真ん中でしか活躍できないんだ。杉安さんが、自分の部屋にロボット掃除機は不向きだということとに、気づかなかったわけがない。でも、買った。ということは、本当に部屋の真ん中さえ掃除できればいいと考えたということになる」

「うーん」渚がまた腕組みした。「揚子江のいうことは、いちいちもっともだよ。でも、事実を追認しているだけで、解決に向かってないじゃんか。だいたい、物が置いてある場所にはロボット掃除機だけじゃなくて人間も入れないんだから、綺麗にする必要がない。そう考えても、おかしくないだろう」

「そうだよ」長江はにっこりと笑った。「それを、憶《おぼ》えておいてくれ」

渚がきょとんとしている間に、長江は話を再開した。

「掃除には関心がない。自炊はしても食器洗いは嫌い。でも洗濯はこまめにする。独身男の分際でシーツを毎週洗うくらい。冬木さんはルールがわからないと言っていたけど、確かにずいぶんとギクシャクした印象を受ける。ここで、ふと思ったんだ」

長江は健太を正面から見つめた。

「冬木さんは、バカ声トリオから部屋の様子を聞いたと言いました。いつ、聞いたんですか？」

突然の質問に、夫が記憶を呼び覚ます。

「忘年会ですね。杉安くんが美人の松丸さんとつき合っている話から発展したような気がします。忘年会ですから、酔っていて、かなりの大声で」

「そうですか」納得いったようないっていないような、微妙な表情を浮かべた。

「外の店で飲んで、酔った状態で二次会として部屋に押しかけた。隣近所から苦情が来たから、もう二次会には使っていない。それにしては、妙に描写が細かいですね」

「………」

健太が口を半開きにした。気持ちはわかる。長江の指摘は、考えもしなかったことだからだ。

長江はゆっくりと言った。

「人が入れる部屋の真ん中しか掃除しない。あたりまえの話だけど、逆にいえば人が入る場所は掃除するってことだ。そしてシーツをこまめに洗濯する。人が入る場所と、人が寝るシーツ。杉安さんは、そこだけ綺麗にしている——なぜだ？」

「ああっ！」

突然、渚が叫んだ。子供たちが驚いてこちらを見る。しかし渚はかまわず続けた。

「ひょっとして、浮気？」

ぞくりとした。渚の言葉を聞いた途端、絵が見えたからだ。浮気がばれないように、浮気相手がいた部屋の真ん中と、シーツを綺麗にする杉安くんの絵が。

「髪の毛だろうね」

長江は言った。「ドラマじゃないけど、自分のものとも杉安さんのものとも違う髪の毛が落ちていたら、真っ先に浮気を疑うだろう。特に、シーツに落ちていたりしたら。隠すためには、綺麗にするしかない」

しかし健太が首をひねった。

「そうでしょうか。長江さんの話を聞いて、確かに家事のうち洗濯だけきちんとする姿が不自然に思えてきました。でも、浮気を隠すのなら、コロコロか何かでシーツから髪の毛だけ取ればいい気がします。衣類やタオルの洗濯と違って、シーツは布団から剝《は》がして、またつけ直す手間が必要です。掃除を面倒くさがってロボットに任せる杉安くんなら、自分から洗濯しないような気がするんですよ」

「いや、それは違う」

わたしはすぐさま否定した。

「部屋はともかく、シーツはそれじゃダメ。化粧品。香水。リンス。女性は香りに包まれている。シーツには、どうしてもその匂いが移る。松丸さんが気づかないわけがない。洗濯するしかないんだよ」

健太がまた口を開く。「ああ、そうか」

渚が後を引き取る。

「そうか。車のシートも髪の毛がつきやすい場所だけど、元々ピカピカにしているらしいから、問題ない。だから気をつけなければならないのは、床とシーツだけ。さっき揚子江は、それを確認していたんだな」

「そこで、バカ声トリオが重要性を持ってくるわけですね」

健太が唸った。「酔っ払った状態で一度部屋に行ったくらいで、そこまで描写できるわけがない。何度も部屋に入った人間がいるはずです。その人は、髪が長かった。ショートカットの松丸さんと違って」

「野里さん……」

わたしは舌先で押し出すように言った。「野里さんが、浮気相手だったって?」

「そう考えれば、すべてすっきりする」

夫に代わって、渚が解説する。「杉安さんは、松丸さんと別れて野里さんとつき合う道を選ばなかった。なんとかして、二人とつき合おうとした。そのために、一計を案じた。シーツは、君も寝るからだと言えば、言い訳できる。ロボット掃除機の導入は、掃除嫌いの自分と矛盾しない。松丸さんをうまく騙《だま》しながら浮気を続けるには、恰好のツールだ」

「でも、ばれた」

「そうだろうな」長江がため息をついた。「嘘は、いつかばれるものだ。どんな修羅場《しゅらば》があったか知らないけど、結局別れることになった。それはそれで仕方がない。社内恋愛がうまくいかなくなることなんて、珍しくないだろう。でも、浮気相手も同じ会社となると、話は違ってくる。しかも、同じ部署だ。松丸さんが野里さんに詰め寄ったのかはわからない。でも、修羅場は野里さんも巻き込んでしまい、杉安さんは野里さんとも交際を続けることができなくなった」

「それで、部屋が静かになったのか……」

健太が納得顔になった。「溝口くんと下山くんは、二人の関係を知らなかった。それが、表沙汰《おもてざた》になった。三角関係の修羅場という形で。野里さんと仲のよかった二人にとっては、杉安くんは友人を傷つけた悪人だ。だから、彼らは杉安くんに話しかけなくなった。同じ職場で三人も敵に回した杉安くんは、いづらくなって会社を辞めた……」

「だから揚子江は言ったのか」渚がまとめた。「失恋の逃げ場があって、よかったなって」

また部屋に沈黙が落ちた。黙って豚肉を食べ、白ワインを飲む。みんな、女性二人の気持ちを弄《もてあそ》んだ挙《あ》げ句《く》、会社を辞める羽目になった男に思いを馳《は》せているのだ。

「この説が本当なら、杉安くんは許されないことをした」

健太がぽつりと言った。「浮気そのものじゃない。自分の長所を武器にするんじゃなくて、短所を道具に使ったことだ。それは、決して自分を向上させない。逆に落としていくばかりだ。彼が辞めたのは残念だけど、精神的に堕《お》ち続けていくよりは、ずっといい」

「杉安くんはまだ若いからね」わたしが後を引き取る。「環境も変わったことだし、いくらでもやり直せるでしょ。ただ、極端には変わらない方がいい」

わたしは白ワインを飲み干した。

「何事も、適度がいちばんだよ」

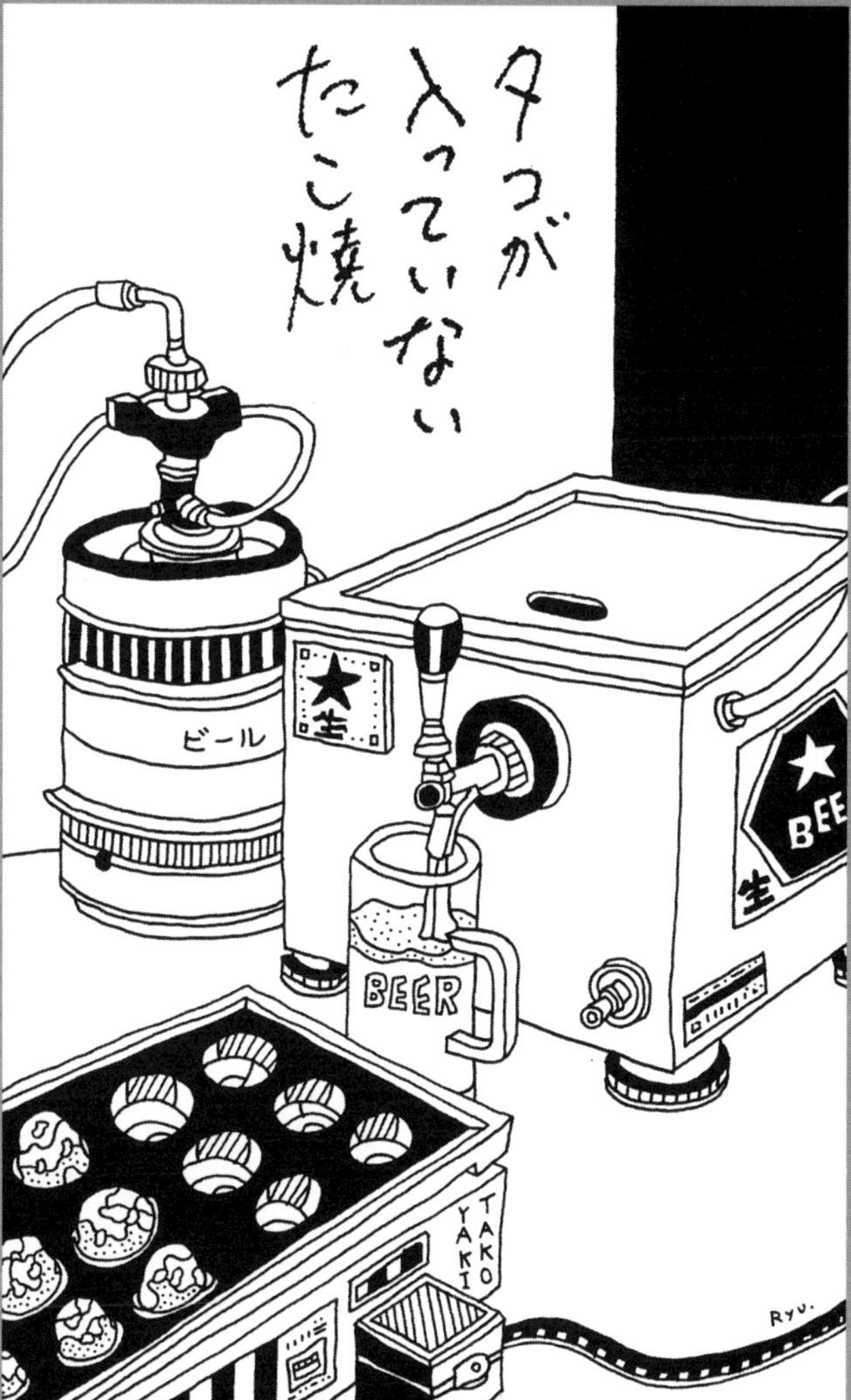
タコが入っていないたこ焼
ビール
生
BEER
BEE
生
TAKO
YAKI
Ryu.

「へえ」

ダイニングテーブルに載せられたものを見て、わたしは思わず変てこな声を上げた。

「長江邸に、たこ焼き器とはねえ」

「もらいものだよ」

グラスを用意しながら、長江渚が言った。「知り合いの結婚式の二次会で、ビンゴ大会があったんだ。新郎新婦とも関西人だったせいか、景品のひとつが、それだった」

テーブルのたこ焼き器は、鉄板が長方形をしている。縦四列、横六列の穴があるから、一度に二十四個焼けるサイズだ。

「家でたこ焼を焼いたことなんてなかったし、たこ焼で酒を飲んだこともなかったから、挑戦してみようと思ってね」

渚の夫、高明が言い添えた。

「確かに、たこ焼ってのは、出先のフードコートで、ちょっとしたおやつ代わりに食べるものですね」

わたしの夫、冬木健太がうんうんとうなずく。「最近のたこ焼専門店ではお酒を出すところもあるらしいですけど、行ったことないですし」

わたし――冬木夏美と、長江高明、渚夫妻は、大学時代からの飲み友だちだ。社会に出てからも首都圏に住んでいたこともあって、機会を見つけては長江のワンルームマンションに集まっては飲んでいた。わたしが健太と結婚してからは健太も加わって、四人の集まりになった。

その後、長江と渚が結婚し、我が家には大が生まれ、長江夫妻は渡米して現地で咲ちゃんが生まれた。そんなバタバタでしばらく途絶《とだ》えていたのを、長江家の帰国と共に復活させたのだ。

メニューがたこ焼ということで、大も咲ちゃんも最初からテーブルに着いている。キッチンに消えた長江が、大きなトレイを両手に持って戻ってきた。銀色のボウルに入っているのは、水に溶いた、たこ焼の素《もと》だ。それから皿が何枚も載っている。こちらは、たこ焼に入れる具。主役のタコは、さすが家庭で作るだけあって、大きくカットしてある。それから刻んだキャベツ、こちらは小さく切った餅《もち》、紅《べに》ショウガ。袋に入った揚げ玉もある。それ

「大くんは、タコは大丈夫？」

長江が尋ねた。

「はい。大好きです」大がしっかりした口調で答える。長江とは何度も会っているから、さすがに気後れすることもない。

「そういえば、咲ちゃんはどうなの？」

今度はわたしが尋ねた。タコが嫌いな子供は少なくない。硬いし嚙《か》み切りにくいという、独特の食感がダメなのだろう。大だって、タコ入りのたこ焼を食べられるようになったのは、実は三年生になってからだ。つまり、今の咲ちゃんの年齢。

「ああ、この子は昔から大丈夫。粉とソースには目がない」

母親が娘に代わって説明した。咲ちゃんはいかにも楽しみだという笑顔を向けてきた。もう何度も一緒に食事をしているから、こちらもかなり打ち解けている。

「じゃあ、始めようか」

渚がジュースのペットボトルを開けて、二人の子供に注《つ》いでやった。同時に健太が、持参した大きめのクーラーボックスを開ける。中から、巨大なビール容器を取り出した。

「ほほう」渚が目を輝かせた。「業務用の樽《たる》ですか」

「ええ」ビールを注ぐサーバーに容器をセットしながら、健太が答える。「一度試してみたかったんです。さすがに二人で飲むには量が多すぎるんで、今回持ってきました」

「そうか。ビールは任せてくれと言うから何だろうと思ったら、サーバーだったんですね。重い思いをさせてしまって、すみませんでした」

確かに、客がいきなりキャリーカートで大荷物を持ってきたら、不審に思う。健太は軽く片手を振った。

「いえいえ。でも、できるだけ軽くして持ち帰りたいので、空けてください」

「それは大丈夫」

渚が自信満々に言って、笑いが起きた。その渚が冷蔵庫から冷やしたグラスを出した。健太が次々とビールを注いでいく。作業が丁寧だから、液体と泡のバランスが絶妙だ。わたしがやると、八割が泡になってしまう。

「じゃあ、かんぱーい」

四杯のビールと二杯のジュースのグラスが掲げられた。ひと口飲む。秋になっても、やっぱり冷たいビールはおいしい。

長江がたこ焼き器の電源を入れ、鉄板の穴に油を塗る。十分熱くなったのを見計らって、たこ焼の素を流し込んだ。量はかなり少ない。大きなタコが入るから、アルキメデスの風呂みたいに溢《あふ》れさせないための工夫だろう。餅、紅ショウガ、キャベツを丁寧に落としていく。揚げ玉は、かなり多めに入れた。最後にタコ。具を入れ終わったら、たこ焼の素を穴いっぱいになるまで注ぎ足す。

「まあ、のんびり待とう」

たこ焼が焼けるまでの間、渚がミックスナッツの袋を開けて、皿に出した。ミックスナッツは栄養があるし、ビールのつまみにもなる。しかもよほどたくさん食べないかぎり、お腹が膨れるわけではないから、その後の料理を邪魔しない。いい選択だ。

チリチリと焼ける音がしてきた。長江が錐《きり》のようなたこ焼返しを取り、器用にひっくり返していく。昔アルバイトでもしていたかのような手さばきだ。この男、なんでも器用にこなす。

さらに待つこと二分。

「そろそろかな」

長江が端のたこ焼をひとつ鉄板から取り出し、皿の上で割ってみた。見るかぎり、中まできちんと火が通っている。

焼き上がったたこ焼を、まず半分皿に取った。渚がたこ焼ソースをかける。かつお節と青のりも。マヨネーズをかけないのは、咲ちゃんが好きでないからか、渚の好みなのか。皿を子供たちの前に置いた。「食べていいよ」

「いただきまーす」

咲ちゃんと大が同時に箸《はし》を取る。あちち、と言いながら、おいしそうに食べた。長江のことだから失敗はないと思っていたけれど、出来はいいようだ。

「大人も食べようか」

長江が残った半分を皿に移す。自身は穴にあらためて油を塗って、次のたこ焼を焼き始めた。

我が家も、たこ焼にはマヨネーズをかけない派だ。ソースとかつお節、青のりをかける。加えて、七味唐辛子《とうがらし》をぱらり。

口に持っていく。油を多めに使っているから、表面がカリカリとしている。餅のおかげで、中はふんわり。と同時に揚げ玉の効果か、食感は軽い。たこ焼を飲み込んでから、ビールを流し込む。熱さとソースの辛みが洗い流され、口の中に爽快《そうかい》な苦みが残る。うん。これは、大人の食べ方だ。

「うまいですね」

健太が実感のこもった声で言った。ビールを飲む。「焼きたてというのもありますけど、やっぱりタコが大きいのがいいです。外で食べるものには、これほどの大きさのタコは、ないですから」

「でしょう?」渚が胸を張る。どうやら、自分でサイズを決めてカットしたようだ。「たこ焼でタコが小さいと、かなりがっかりしますから」

「試してみますか」

そう言いながら、長江が鉄板の端の四個から、タコを取り出す。他の具は、そのままだ。焼け上がるのを待って、一人ひとつずつ分けた。「どうぞ」

同じようにソース、青のり、かつお節をかけて口に入れる。外はカリカリ、中はふんわり。食感の軽さも同じだ。しかし、圧倒的に物足りない。喪失感があるとでもいおうか。

「これは、ダメだ」

渚が、社員の企画をボツにする社長のような顔で言った。「コース料理にメインディッシュがないようなものだ——いや、もっと悪い。一点ものなのに、あるべきはずのものがないんだから」

「他は、全部いいんですけどね」健太も難しい顔をする。「肝心のものがないと、無価値扱いされる。怖い話だ」

「他が全部いいから、余計に主役不在が響くんだろうね」

——と。

記憶叢《そう》のどこかを刺激された。近い体験をしたような、いや、話を聞いたような気がする。
「ごちそうさま」
大が箸を置いた。咲ちゃんも同時だ。見ると、二皿目も空《から》になっている。何といっても
たこ焼だし、もっと食べなさいと言う必要もないだろう。
「向こうでテレビ観てもいい？」
「いいけど、手と口を拭《ふ》きなさい。ソースが付いてるよ」
渚がウェットティッシュの箱から二枚抜き取る。二人の子供に渡してやった。手と口を
拭く。「これでいい？」
二人の母親がそれぞれの子供の口元を確認する。「いいよ。テレビの音は、小さくして
ね」
「わかった」
子供たちが部屋の隅のテレビに向かう。咲ちゃんがリモコンを操作して、録画しておい
たバラエティ番組を再生した。それを横目で見ながら、記憶を探る。見つかった。
「そういえば」
わたしの声に、大人たちの視線が集まる。「前に、『タコの入ってないたこ焼みたいなも
の』って話を、聞いたことがあった」

渚が興味を惹《ひ》かれたように身を乗り出した。「っていうと？」

わたしは子供たちの方をチラリと見る。大はテレビの画面に釘付《くぎづ》けだ。これなら、話を聞かれる心配はないだろう。

「大の友だちのご両親が、離婚したときの話」わたしは夫に顔を向けた。「大と仲がよかった、斎木真司《さいきしんじ》くんって憶えてない？」

健太は記憶を探るように宙を睨《にら》んだ。すぐに思いあたったようだ。「ああ。大が二年か三年の頃、よく名前が出てきた。大が勉強を教えたり、逆に真司くんにゲームのキャラクターを教えてもらったり、かなり仲がよかった気がする。そういえば、最近聞かなくなったな」

「転校したんだ」

「それは、親が離婚したから？」渚が口を挟んできた。わたしはうなずく。

「そう。奥さんが群馬の人だったから、子供を連れて地元に戻ったんじゃなかったかな。うちの小学校は、一学期が終わるときにＰＴＡの懇談会があって、そこで先生が学期の振り返りをするんだ。そのときに、お母さん本人から聞いた」

「そうなのか」健太が長江から空いたグラスを受け取り、ビールを注ぐ。大量のビールは、順調に消費されているようだ。「離婚は仕方がない。うちの会社でも、何組かいるしね。それで、たこ焼とどう関係するんだ？」

「察するに」長江が新しく注がれたビールをひと口飲んでから、口を開いた。「奥さんが旦那《だんな》さんを表した言葉だね」

さすがは長江。話を進めやすい。

「そういうこと。わたしは、旦那さんとは会ったことないんだけど。父兄の活動にはまったく出てなかったから」

「それを言われると、胸が痛い」

健太が頭を掻《か》いた。いわゆるＰＴＡの仕事は、ほとんどわたしがやっているのは事実だ。けれど運動会などのイベントには出ているし、習い事や塾に関しても母親任せでなく、積極的に関わってくれている。父親としては十分子育てに参加しているといっていいだろう。でも、あえて意地悪する。

「ＰＴＡの飲み会とかで話を聞いただけ。だいたい想像がつくと思うけど、全員が母親で、飲み会では夫の悪口大会になるわけだよ、これが」

「うちの学校も、そうだな」

すぐさま渚が同意する。二人の夫が表情を隠して、同時にビールを飲んだ。でも、わたしにはわかる。渚の悪口は、聞いている人間からすれば、間違いなくのろけだ。

「ともかく、みんなが旦那の悪口を言う中でも、斎木ママの悪口がなかなか独創的でね。印象に残っているんだ」

「独創的な悪口ってのも、すごいな」

健太が態勢を立て直して言った。「どんな？」

「たとえるのがうまいんだ」斎木ママの、ほっそりとした顔を思い出す。「そうだな、『真司が赤ちゃんのときに、外でいくら泣いても気にしなかったから、あいつは泣く子にも勝てる地頭《じとう》だ』とか、『幼稚園の運動会は、どうせ園がＤＶＤにして売るからって自分は撮らない、外注任せ野郎だ』とか、『自分の子供に勉強を教えてるのに、不気味に優しいから、誘拐《ゆうかい》した子供を手なずけようとしているみたいだ』とか」

「確かに、独創的だ」健太が笑う。「そのひとつとして、たこ焼のたとえが出た、と」

「そうなんだよ。今から思えば、あれは離婚の直前だった。酔ってたのもあるんだろうけど、目が据《す》わってたから怖かった」

「それにしても、夫をたこ焼扱いするとはねえ」渚が長江をちらりと見てコメントした。

「いったい何があれば、そんな表現ができるんだ」

「これといった事件があったわけじゃなかったと思う」

あのときの飲み会を思い出す。普段は思い出すことはないけれど、一度思い出したら細部まで再現できる。

「斎木パパって人は、わかりやすく言えばエリートなんだって」

「ほほう」渚が評論家のような顔になった。「それは、決して褒《ほ》めてるニュアンスじゃないな」

「そういうこと。確かに、話を聞くかぎりはエリートなんだ。地元の進学校から、かなり偏差値の高い大学に進学して、東証一部上場企業に就職したって経歴」

「それで離婚したのか」渚が呆《あき》れたような声を出した。「もったいない」

「まあ、それだけが価値じゃありませんからね」健太が苦笑交じりに言う。「でも、確かにそれだけなら、けなす理由にならない気がする」

「でしょ。まあ以前から『毎日遅くまで仕事をしてるから、真司の面倒を全然みてくれない』とは言ってたんだ。実際に忙しいのもあったんだろうけど、自分は外で金を稼ぐ役目、子育ては奥さんの役目と割り切ってたのかもしれないな」

「ってことは、奥さんは専業主婦か」

「そうだった。もし自分も仕事を持っていたら、離婚と同時に故郷に帰ったりできないだろうし」

「それもそうだ」渚が納得顔になった。「でもそれは、旦那の希望に沿ったものだった。

奥さんとしては、それが不満だった可能性は、あるな」

「そう思うよ」これほど渚と意見を同じくすることは、独身時代に遡《さかのぼ》っても滅多になかったなと思いつつ、わたしは同意する。「だから不満が溜まっていたんだろうな。飲み会の席で、何かの弾みで旦那の悪口を言い始めた。それ自体は珍しくないんだけど、普通は具体的な出来事を取り上げて、それをあげつらうのが、ママたちの悪口大会。でもそのときの斎木ママは違った。旦那さんの本質的なところについて不満を語ってたんだ」

「本質的なところ」健太が復唱する。「なかなか、ハードな展開になってきたな」

「そうなんだ。そのときに出たのが、さっき言ったエリートだったってこと。学歴は立派だから、そうとう勉強はできた。勤めてる会社も大きなところだから、潰《つぶ》れる心配をしなくていいし、将来的な給料アップも期待できる。散財する趣味もなければ、酔って妻子に暴力を振るうわけでもない」

「なんだ」渚が天を仰《あお》いだ。「それって、ただの旦那自慢じゃないのか」

「ここまではね」わたしはビールを飲み干した。健太がさりげなくグラスを取って、ビールを注いでくれる。

「話を聞いていて、ママ友たちも同じ反応をしたんだ。うちは公立校だから、生徒たちは学区で集まっただけ。色々な家族がいるから、みんながみんな、斎木家みたいにゆとりがあるわけじゃない。だから自慢話は、普通は微妙な雰囲気になるんだけど、そうならなかった。なぜかというと、斎木ママの話し方が、ほとんど呪詛《じゅそ》に近いものだったから」

「今度は呪詛か」健太が呆れ顔になった。「いったい、どんな飲み会だったんだ」

「少なくとも、こんな展開、誰も予想しなかったね。それでも、ママの一人が『いい旦那さんじゃないの』と合いの手を入れた。そしたら斎木ママは『肩書きだけはね』って吐き捨てるように答えたんだ。意味がわからなかったから、みんなぽかんとしてたら、説明してくれた。『実際の旦那は、そんなたいした奴じゃないんだ。そりゃ、学歴は立派だし、勤めてる会社も有名だよ。でも、そんな肩書きから世間様が想像する能力を、あいつは持ってない』って」

「それは、他の会社でも通用するような、潰しの利く資格を持っていないってことか？」

渚が、理解できないというふうに腕組みをした。「職種にもよるだろうけど、いわゆる総合職だったら、資格なんて持ってない奴が大半だろう。せいぜいが、運転免許証かTOEICの点数くらいじゃんか。話を聞くかぎりでは、斎木パパはそのどちらも持ってるだろうし」

TOEICとは、英語力を判定するためのテストのひとつだ。うちの会社はまだそこまでやっていないけれど、多くの企業がTOEICの点数を人事評価に反映させている。英語ができないと出世できないご時世なのだ。

「TOEICの点数は資格じゃないけど、斎木パパの成績はよかったと思う。でも斎木ママの言いたいことは、具体的な資格とかじゃなかった。旦那は肩書きほど有能じゃないっていうのが、妻としての評価だったんだ」

「想像するに」長江が三回目のたこ焼を皿に載せた。今度はきちんとタコが入っている。

「勉強ができるとか仕事ができるとかじゃなくて、日々の生活で見せるちょっとした判断や行動が、奥さんにとって物足りなかったのかな」

「いいセンだね」わたしは片手を顔の前に立てて長江に謝意を示し、たこ焼を取った。ソースをかける。「斎木ママが不満だったのは、まさしくそういったところだった。さっき言った独特の表現も、日々の不満から出たものだったし。それが少しずつ積もっていって、『こいつはエリート面《づら》してるけど、中身は全然たいしたことないぞ』って思うようになったみたい」

「斎木ママの気持ちは、わからないではないな」渚が腕組みする。「贅沢《ぜいたく》に聞こえるかもしれないけど、ちょっとした気遣いとか、頼まなくても動いてくれるとか、そういったことは期待するからな。それができないと、人間力が低いと取られてしまう」

「同感だね。贅沢に聞こえるかもしれないけど」

わたしは繰り返した。そう。本当にちょっとしたことなのだ。たとえば、わたしが空けたグラスに、ごく自然な動作でビールを注いでくれるとか。

「一度そう考えてしまうと、立派な肩書きは、かえってマイナスに作用する。いい大学を出たくせにとか、一流企業に勤めてるくせにとイライラが溜まっていった」

「そうか」渚が理解したようにうなずいた。「それでたこ焼か。外はカリカリ、中はふわふわ。それは、いわば学歴だったり会社の名前だ。でも、本人には、たいした能力がない。つまり、肝心のタコが入ってないってことか」

「ご明察。でも、さっきも言ったように、本質的なところだからね。具体的にここを直せと要求もできない。それに、肩書きだけなら自分より旦那の方が立派だから、文句もつけづらい。そうこうしているうちに、ついに我慢の臨界点を超えた。それで、離婚」

わたしは話を終えた。しばらくの間、みんなでたこ焼を食べ、ビールを飲んだ。まだたこ焼の素も具も残っているから、長江が四度目のたこ焼製造を始めた。

「別に、その旦那さんの肩を持つわけじゃないけど」

グラスを置いて、渚が言った。「ちょっと、旦那さんが気の毒な気はするな。前の会社でも、ご立派な大学を出てるけど、仕事はからっきしっていう奴はいたぞ。学歴がそのまま有能さを示すわけじゃない。学歴と面接のテクニックで入社してしまえば、会社だってそう簡単にクビにはできない。むしろ、そんな奴の方が多数派だと思う。奥さんは、旦那さんに過度な期待を抱いてたんじゃないのか」

「そうかもしれませんね」健太が控えめに賛成する。「そもそも、二人はどんなふうに出会って、どんなふうに結婚までこぎ着けたんでしょうね。見合い結婚なら、そんな失望があっても不思議はありません。でも恋愛結婚だったら、つき合っているうちに化けの皮がはがれたんじゃないかと思えます」

「さすがに出会いまでは聞いてないな」わたしは答えた。「ただ『あんな人だとは思わなかった』って言ってたことがあるから、お見合いじゃなくて恋愛結婚だったんだろうね。旦那さんは、つき合ってるうちは見栄《みえ》を張ってたけど、結婚したら安心して地金《じがね》を出すようになったとか。奥さんの方も、つき合ってるうちは恋愛感情に目が眩《くら》んでたけど、結婚したら冷静になったとか」

「夏美は厳しいなあ」

自分のことを棚に上げて、渚が論評した。「でもどこの夫婦も、大なり小なり、そういうところはある。そう思うと、やっぱり奥さんが、旦那さんに過度な要求をしてたとしか思えない」

「だとしたら」健太もたこ焼を取る。七味唐辛子は、ちょっと多めだ。「離婚を切り出されたとき、旦那さんはきょとんとしたでしょうね。自分は何も悪いことをしてないのに、どうして離婚されるんだって」

「奥さん的には、何もしてないこと自体が問題なんだけどね」

「マグマだ」健太は天を仰いだ。「奥さんがちょっとずつガス抜きをしてたら気づいたかもしれないけど、ずっと静かにしていて、いきなり噴火する。これでは対策を取りようがない」

　そして夫仲間の長江を見る。「身につまされますね」

「まったくです」長江もたこ焼を口に入れた。たこ焼は、意外と食べにくい食べ物だ。熱いし、周りは柔らかいくせに、芯《しん》のタコは硬い。そこが魅力である一方、飲み込むタイミングが難しい。そこまで大げさな話ではないけれど。

　長江はタコをよく嚙んで飲み込むタイプらしい。時間をかけて一個を食べ終えて、話を再開する。

「奥さんは思い込みで離婚したのかもしれませんが」

　そしてビールを飲んだ。

「結果的には、大正解だと思います」

ダイニングテーブルは、沈黙に包まれた。

部屋の隅からテレビの音と子供たちの笑い声が聞こえてくるから、無音というわけではない。しかし大人たちの空間は、静かだった。

「――ちょっと、揚子江」

渚が沈黙を破った。「どういうこと？」

「どうもこうも」長江は当たり前のように答える。「そのまま結婚生活を続けていても、不幸が訪れるだけだ。だから早めに決断してよかった。そういうことだよ」

「何の説明にもなってない」

わたしが抗議の声を上げた。斎木ママは、夫の能力に我慢ができなくなって、離婚を決意した。一方、長江は大きなタコが入ったたこ焼だ。しかも明石《あかし》の海で採れた高級品。そんな長江が斎木パパを批判すると、ちょっと嫌みだ。長江がそんな人間でないことは百も承知なのに、ついそんな感想を抱いてしまう。

しかし長江は悠然とたこ焼を取り、ゆっくりと食べた。そして口を開く。

「夏美に聞きたいんだけど、斎木ママは専業主婦ということだった。その前は、何か仕事をしてたのかな」

それは、出会ってはじめの頃に聞いた。

「確か、どこかの会社で経理をやってたと思う。だから、ＰＴＡのイベントでの会計をお願いしてた」

「そうか。じゃあ、奥さんは、旦那さんにどんな離婚理由を話したんだろうね。『あんたは、タコの入ってないたこ焼だ』と言ったんだろうか」

予想外の問いに、当時のことを思い出す。他人の不幸は蜜《みつ》の味とは言わないけれど、斎木ママのガス抜きの愚痴《ぐち》を、わたしたちママ友が井戸端《いどばた》会議のノリで聞いてきたことは間違いない。だからよく憶えている。

「さすがに、そんなひどいたとえは言わなかったみたい。ただ、『どうしても合わない。もう、一緒に暮らせない』とは言ったらしいよ」

「そうか。どちらかの浮気が原因じゃなければ、正当な理由なんだと思う。でも籍を残したまま別居じゃなく、離婚を選んだわけだ」

「それはそうだろう」渚が口を挟んだ。「今後、どうやっても関係修復の可能性がないんだったら、ずるずる引っ張るよりも、ばっさり別れた方がお互いのためだ」

渚の夫が首肯した。

「そう思う。冬木さんが言ったように、旦那さんからすれば、何の前触れもなくいきなり言われたわけだ。自分に非がないと思ってるだろうから、素直に納得はできないだろう。

その離婚は揉《も》めたんだろうか」

その辺りのことは、転居する直前に聞いている。というか、やっぱり夫に不満のある別のママが聞き出していた。

「話を聞くかぎりでは、旦那さんも、わりと素直に離婚に同意したらしいよ。条件についても、ごねたりしなかったんだろうね。泥沼の離婚訴訟ってことはなかったみたい。子供は奥さんが引き取ることにもすんなり合意して、養育費も払ってもらうことになったって言ってた。実際に支払が続いているかどうかは知らないけど」

「そうか」

納得したというより、予想どおりといった反応。長江はほんの少しの間、ビールのグラスを見つめた。しかしすぐに顔を上げる。

「斎木パパは、肩書きほどの能力がない。奥さんは、そう判断した」

いきなり、前提のおさらいを始めた。

「具体的な落ち度があったわけじゃない。ただ、日常のちょっとした判断や行動が、奥さんを満足させるものではなかった。それがストレスになっていった。でも、ここに引っかかった」

長江はゆっくりと言った。

「旦那さんは、それほど無能だったんだろうか」

「えっ……」

予想外の問いかけに、答えに詰まる。

「無能だったんだろうな」

渚が答える。「少なくとも、肩書きからの期待値ほどではなかった。過度な期待をかけられて旦那さんも迷惑だったと思うけど、肩書きというのはそういうもんだ」

「そうかもしれないな」

長江は曖昧《あいまい》にうなずいた。そして再びわたしに顔を向けた。

「奥さんは専業主婦だ。今どき寿退社も珍しいから、お子さんを産むタイミングで辞めたと想像できる。その際に、いくらなんでも夫婦間で話し合いが持たれたはずだ。産休と育休を取って、職場に復帰するのか。それとも退職するのか。奥さんがどっちを望んでいたかはわからないけど、少なくとも旦那さんは、奥さんが子育てに専念することを望んで、奥さんはそれを受け入れた」

「それが、奥さんにとっては不満だったんじゃないのか」渚が眉間《みけん》にしわを寄せた。「男が働いて、女が家庭を守る。高度経済成長期じゃあるまいし、そんな古い価値観を押しつけられたら、たまったもんじゃない」

まるで目の前にいるのが斎木パパであるかのようにまくしたてる。しかし長江は表情を変えなかった。

「同感だ。でも、旦那さんにとっては、合理的な判断だった。自分は仕事が忙しい。毎日帰りも遅いし、育児への協力はかなり限定されたものになるだろう。このうえ奥さんまで働いてしまえば、満足に子育てできないんじゃないか。そう心配して、奥さんに専業主婦になってもらった。古い価値観なのは間違いないし、旦那さんがそれを自覚していたかどうかはわからないけど、少なくとも旦那さん自身は正しい判断をしたと思った」

「ひどい話だ」渚は吐き捨てたけれど、夫の発言そのものは否定しなかった。

「確かに、ひどい話だ」夫は妻の発言に賛成した。「でも、この判断をもって無能とは判断できない。それだけじゃない。斎木ママがこぼした、独創的な愚痴。それを聞いていると、旦那さんがそんなにダメな人には思えない」

「っていうと？」

わたしの問いに、長江は宙を睨んで思い出す仕草をした。

「まず、外で子供が泣き止《や》まないのに気にしなかったという話。うちも経験があるけど、外で泣き出したら、そう簡単には泣き止まない。周囲の目が冷たくても、どうしようもない。ただ小さくなるだけだ。でも、旦那さんは割り切ってたんじゃないのかな。どうせ泣き止まないんだから、周囲の目は気にしなければいい、と」

「えぇーっ」大声を上げてしまった。「それは、顰蹙《ひんしゅく》じゃないの？」

「泣き止ませようと努力しても、同じ結果になる。だったら何もしない方が、かえって早く泣き止む。そう考えたとしても、不思議はない」

「………」

経験上そのとおりだと思うけれど、夫にそんな反応をされてしまうと、妻としては立つ瀬がない。

「幼稚園の運動会も同様だ。幼稚園が販売する記録ＤＶＤは、全園児を均等に撮影することが求められる。だから自分の子供も確実に映っている。しかも公式カメラマンはベストな撮影ポジションを取ることができる。だから写りもいい。一方、親が撮ろうとすると他の大勢の親が邪魔になって、ちゃんと撮ることができない。子供の動きを手持ちのビデオカメラで追うと、どうしても画面が揺れる。子供のアップばかり撮ってしまうのが親の本能だから、全体の様子がわからない。そんな見づらい絵面が延々と続くくらいなら、登場する頻度は少なくても、ちゃんと編集された綺麗《きれい》な絵を見た方がいい。そんなふうに考えたとしても、おかしくない」

「おかしくありませんが」当時、一所懸命に大を撮影していた健太が、困り顔をした。

「奥さんは不満でしょうね」

　長江は人差し指を立てた。

「そこです。旦那さんは合理的な判断をしている。彼にとっては正しい判断だし、客観的に見ても唯一無二の正解かどうかはともかく、少なくとも間違ってはいない。そう考えていくと、旦那さんは決して無能な人じゃなかった。肩書きどおりの正しく実利的な判断ができる人だった。そう思えるんです。ただ、奥さんにとっては不満なだけで」

「そうか」健太が、長江の言いたいことを理解したようだ。「奥さんは旦那さんの判断や行動を見て、能力がないと判断した。でも実はそうでなくて、旦那さんが自分の望む反応をしなかったことが許せなかった。そういうことですか」

「そう思います。一流大学を出て、一流企業に勤務している。奥さんが打算で結婚したとは思いませんが、旦那さんの肩書きに最も幻惑されていたのは奥さんだった。期待どおりの行動を取らない旦那さんに対して『あんたの肩書きなら、もっと、こんなふうにしてくれていいのに』と考えてしまった。奥さんは旦那さんをタコの入っていないたこ焼と表現しましたが、旦那さんは大きなタコが入っているどころか、むしろタコそのものだったのかもしれません」

「うーん」わたしはうなり声を上げた。「長江くんはずいぶん旦那さんをかばうけど、嫁の立場からすれば、やっぱり不満だよ。そんなことをされれば、こっちは困る」

「たぶん奥さんは、その不満を口に出さなかったんだろうな」長江の代わりに健太が説明した。「ここでも、長江さんの言った、奥さんこそ肩書きに幻惑されたことが悪く働いた。立派な肩書きを持った夫に、それほどでもない自分が文句をつけにくい。そう思ったのかもしれない。旦那さんも旦那さんで、文句をつけられないから、あえて自分の判断の理由を説明しない。正しいことをしたと信じているわけだし、奥さんも賛同していると信じて疑っていなかった」

「ってことは、奥さんが一方的に不満を抱いて、一方的に離婚したってこと？」

まだ納得がいかず、わたしは二人の男性に文句をつけた。「それって、ひどいオチじゃない？」

「いや、違う」

否定したのは、意外にも奥さん仲間である渚だった。

「奥さんの判断の是非は問わない。しょせん、他人の家庭だ。問題は、揚子江のコメントだ。今までの説明だと、奥さんが一方的に悪い。旦那さんは被害者だ。それなのに、どうして離婚が大正解と言ったんだ？」

そういえばそうだ。意見と説明が合っていない。

途端に、長江が困った顔になった。痛いところを突かれたというより、説明したくないといった表情だ。

少し逡巡《しゅんじゅん》していたけれど、結局口を開いた。

「奥さんの愚痴の端々から、旦那さんが合理的な判断をして、最も実利を得られる行動を取る人物だとわかった」

決して褒めているわけではない口調。

「その合理的な判断を、家族に対して下してしまったら、どうなるだろう」

「え、えっと……」

渚が答えに詰まる。長江はそんな妻に対して愛情を含んだ視線を投げた。

「夏美が聞いた、独創的な悪口。子供が泣いたときの対応や幼稚園の運動会は、それでいいんだ。気になったのは、最後のエピソードだ」

「自分の子供に勉強を教えてるのに、不気味に優しいから、誘拐した子供を手なずけようとしているみたいだ」

わたしが再現する。この科白《せりふ》に、どのような意味があるのだろうか。長江は何を汲《く》み取ったのだろうか。

長江は辛《つら》そうだった。

「大くんが勉強を教えていたということは、お子さん――真司くんだったっけ――は、少なくとも大くんよりも成績がよくなかったと想像できる。つまり、トップクラスではなかったということだ。一方、父親は勉強なんてできて当然という人物。そんな父親が出来の悪い息子を見て、どう考えるのかな」

渚が生唾《なまつば》を飲み込んだ。「こいつは、自分の能力を受け継いでいない……」

長江は小さくうなずいた。

「勉強なんて、できて当たり前。父親が息子に対してもそう考えたのなら、ビシバシ鍛《きた》えるんじゃないかな。やればやっただけ、成績は上がるんだから。でも、実際にはそうしなかった。不気味なほど優しく教えた」

健太がふうっと息を吐いた。

「旦那さんは、息子の能力を見限った。自分のレベルに到達できそうにないから、ゆっくり丁寧に教えることで、ちょっとでもマシにしよう……」

「誘拐した子供を手なずけようとしているようなんだから」渚が後を引き取る。「実の子供に対する熱の入った教え方でなくて、距離があったんじゃないか。奥さんの目にはそう映った。しかしそれは、奥さんが感じた以上に危険なものだった」

わたしが締めに入った。

「旦那さんは、子供に期待外れの烙印《らくいん》を押した。まだ小学校低学年なのに。旦那さんが離婚に反対せず、真司くんを奥さんが引き取ることに反対しなかったのは、そのためかもしれない。手元に置いて伸ばしていく価値はないと。旦那さんは、その場その場では正しい判断をする人なのかもしれない。でも、長期的視点に立った判断はしていない。親としての、期待値込みの判断は。そんな父親が傍《そば》にいることが、子供の成長にとってプラスになるはずがない。だから、離婚して大正解だといったんだね」

わたしは背筋が寒くなるのを感じた。

有能で合理的な判断を習い性にしている男性。自分の性質に対する自覚がなく、万事を同じように判断してしまう。それが家族であっても。タコが入っていないたこ焼どころではない。歯ごたえがありすぎて、迂闊《うかつ》に飲み込んだら喉《のど》につかえてしまう、危険な人物だったのだ。

わたしは隣に座る夫に意識を向けた。

この人でよかったと思う。夫もわたしも肩書きは平凡だ。大だって、極端に勉強ができるわけでも、スポーツができるわけでもない。それでも、家族で喜怒哀楽を共にすることで、絆《きずな》を深めていけている。

長江一家もそうだ。確かに長江は有能だ。それも超がつくくらい。でも渚は夫の能力に幻惑されることなく挑み続けているし、長江もそれを受け止めている。咲ちゃんのまっすぐな成長を見ていると、それがよくわかる。やはり、家族はこうでなければならない。

みんなのグラスが空いていることを確認して、健太がビールを注いだ。四つのグラスを満たしたところで、業務用のビール樽は空になった。同時に、たこ焼もなくなった。

渚がビールのグラスを受け取った。

「真司くんは、父親の呪縛《じゅばく》から解き放たれた」ビールをひと口飲む。「これで、ねじ曲げられることなく成長できるのかな」

「それは、わからないよ」長江が答える。「未来予測に意味はない。でも、ひとつだけ言えることがある。新しい環境に放り込まれたんだから、まずは友だち作りからだ」

そしてテレビを観ている大に、優しい目を向けた。

「大くんのような、信頼できる友だちをね」

一石二鳥
CIDRE
NIKKA
DRY
消火
点火
Ryu.

「おや」

ドアを開けるなり、長江渚が目を三日月にした。「来たね」

「お疲れ」わたし――冬木夏美が靴を脱ぎながら応える。背後からクーラーボックスを抱えた息子の大、さらに夫の健太が続く。「お邪魔します」

中に入ると、リビングでは長江高明が、一人娘の咲ちゃんとテーブルのセッティングをしていた。

「いらっしゃい」

わたしたちがリビングに入ると、長江が声をかけてきた。咲ちゃんも小さく会釈《えしゃく》する。

長江は何事も慎重にやる人間だし、渚はぶっきらぼうな言葉遣いとは裏腹に仕事は丁寧だ。咲ちゃんは両親の血をしっかり受け継いだものとみえて、皿の並べ方ひとつ取ってもきちんとしている。でも。

「咲ちゃん、なんだか疲れた顔してるね」

わたしの指摘に、咲ちゃんが頬《ほお》に手を当てた。「え、えっと……」

「咲は、ゆうべ夜更かししたもんな」母親の渚が横から言った。それだけで、事情は察した。

「ああ、マンガね」

「そう」渚がわざとらしく睨《にら》みつけてくる。「冬木家でマンガを憶えちゃってから、すっかりハマっちゃったからね」

元々、長江家にマンガはなかった。両親ともに興味がなかったためだけれど、冬木家は両親揃《そろ》ってマンガ好きだった。だから両家の交流が再開してから、咲ちゃんは我が家に来てはマンガを読むのを楽しみにしていた。そのうちに次第に長江家にもマンガが増えてきて、今ではかなりのコレクションが揃っている。

「申し訳ない」こちらもわざとらしい謝罪。「じゃあ、しっかり食べて元気をつけなきゃね」

「そういうこと」健太が言い添える。「今日は、どちらかというと、食べるのがメインだし」

わたし、長江、渚の三人は、大学の同窓生だ。性格はバラバラなのになぜかウマが合って、三人でよく飲みに行っていた。就職してからも、たまたまみんな職場が首都圏ということもあり、予定を合わせては長江のワンルームマンションで飲み会を開いていた。わたしが結婚してからは夫の健太も加わり、四人で仲良く飲んでいたのだ。

ところが長江と渚が結婚してしばらくしてから、長江がアメリカの大学に赴任してしまった。渚は当たり前のように勤務していた食品会社を辞めて夫についていき、現地で咲ちゃんが生まれた。我が家は我が家で大が生まれて、外に飲みに行くようなゆとりはなくなった。

そのまま交流が途切れるかと思っていたら、長江が母校に職を得て、日本に帰ってきた。両家の子供たちも小学校に上がって手がかからなくなってきたから、交流が再開されたのだ。

「その、食べるためのグッズが、これだ」

渚がダイニングテーブルにカセットコンロを置いた。そして、奇妙な道具。食パンサイズの黒い板に、二十センチメートルくらいの持ち手がついている。それが黒い板の端についた蝶番《ちょうつがい》で、ふたつくっついていた。

「ホットサンドメーカーだよ」

渚が説明した。「電気式のものじゃなくて、直火で炙《あぶ》るやつを買ってきた」

「このカセットコンロで炙るわけだね」

わかりきったことではあるけれど、一応確認する。渚がにんまりした。

「そういうこと。カセットコンロは、別に鍋物専用ってわけじゃないからな」

言いながら、カセットコンロにガスカートリッジを取り付けた。つまみを回してみる。きちんと火がついた。

「よし。じゃあ、中身の準備をしよう」

長江がキッチンから食材を持ってきた。六枚切りの全粒粉食パン。ロースハム。シート状の溶けるチーズ。

食パンを一枚取り、皿に載せた。表面に、薄くバターを塗る。なめらかに塗れたということは、かなり前に冷蔵庫から出して、室温に戻しておいたのだろう。そこにハムを一枚載せて、その上に溶けるチーズを載せた。またハム。そしてもう一枚の食パンでふたをする。

「よし」

ホットサンドメーカーの黒い板の上に、食パンを載せる。もう一枚の黒い板ではさみ、持ち手の先端についているフックで固定した。これで準備万端ととのった。

カセットコンロが着火された。すぐに弱火にする。ホットサンドメーカーを載せた。

「片面、二分半くらい」

真剣なまなざしをホットサンドメーカーに注《そそ》ぐ。中が見えるわけではないからあまり意味がないように思えるけれど、気持ちはわかる。

待っている間に、冬木家で酒の準備をしよう。クーラーボックスから瓶を取り出した。透明な瓶に、青いラベルが涼しげだ。

「シードルです」

シードル。リンゴを原料に造られた、発泡性の醸造酒だ。今回は、ホットサンドにシードルを合わせるという趣向なのだ。

二分半が経過し、ホットサンドメーカーをひっくり返す。さらに二分半。カセットコンロを切り、ホットサンドメーカーを開く。食パンの表面に、綺麗《きれい》な焼き目がついていた。まな板の上に移し、包丁で切り分けた。

「できた」

「よし」

長江が用意したグラスに、シードルを丁寧に注《つ》ぎ分ける。

「じゃあ、始めよう」渚が言った。「ホットサンドはスピード勝負だ。すぐに食べてくれ」

助言どおりに、ホットサンドを囓《かじ》る。さくっとした歯触りに、小麦とバターの香りが広がる。さらに噛《か》むと、溶けたチーズとハムの味わいが追いかけてきた。中は熱々だ。確かに、これは焼きたてを食べるべき品だ。冷めてしまっては、魅力は百分の一になってしまうだろう。

「おいしいです」

大が感想を述べ、渚がまた目を三日月にした。「そりゃ、よかった」

続けてシードルを飲む。最初にリンゴ果汁の香りが感じられる。続けて軽い甘みと酸味。でも甘くどくはなく、さらりとした飲み口だ。この軽さが、ホットサンドの味わいを邪魔せず、華やかさを与えている。うん。これは、確かに合う。

二枚の食パンを六等分したから、すぐに食べ終えてしまう。カナッペの感覚だ。

第二弾が用意される。待つこと五分。焼き上がったホットサンドは、また六等分された。

今度は、香辛料の辛みが加わった。

「チョリソーをスライスして入れたんだ」

渚が解説してくれた。チョリソーの辛さとシードルのほのかな甘さは合わないのではと心配したけれど、杞憂《きゆう》だった。チーズがうまく丸め込んだのか、それともリンゴという果実の懐《ふところ》の深さなのか、驚くほど後味がよかった。

「いいですね」

健太も素直にコメントした。「シードルは甘い酒という印象が強かったんで今まで敬遠していたんですけど、これほどの実力だとは」

長江と渚がうんうんとうなずいている。まだ三人で飲んでいた時代、健太と同じ理由で、シードルを敬遠していたのだ。この辺りの感覚が近いから健太と結婚したともいえるのだけれど、それは本日のテーマではない。

「シードルもそうだけど」わたしが後を引き取る。「そういえば、ホットサンドもほとんど食べたことがなかった。これはいいね」

ふた切れ目を食べ終えた。

「いくらでもいけるな」

「シードルもです」健太がボトルを取り上げた。眼鏡《めがね》を上にずらして裸眼でラベルを見る。最近老眼気味なのだ。「アルコール度数は五度です。ビールと同じだから、するするといけちゃいます」

そんな話をしているうちに、第三弾が用意された。なかなか、忙しい。

今度は、またハムだ。ハムとチーズはパンに合わせる定番の具材だけれど、おいしいから定番になっているのだ。パンの味だけでは物足りないところを、ハムの塩気とチーズのコクが補っている。

「このハムは、なかなか侮《あなど》れないな」

渚が真剣な顔で言った。「薄いハムは、熱の加え方が難しい。熱を加えると水分が抜けるから、どうしても干からびたような感じになってしまう。でもこの調理法なら、水分を保持したまま熱々になる」

「そうですね」健太が相づちを打つ。「肉を焼いた香ばしさはありませんが、それはパンの香ばしさでカバーできますし。ハムの中の脂《あぶら》が適度に温まる、この調理法は優れています」

「こうして考えると」渚はますます真剣だ。「ホットサンドメーカーってのは、本当によくできてるな。二枚の金属板でしっかり挟んで焼くわけだから、食パンや具材の水分の抜けどころがない。熱はしっかり中まで通るから、具材は自身の水分を介して調理される。パンの表面は金属板と密着しているから、水分が飛ばなくても、ベタベタしないでカリカリに焼ける」

おいしい食べ物に賞賛を惜しまない渚だけれど、さすがに大げさだろう。隣で咲ちゃんが困った顔をしている。まったくこの母親は、と言いたげだ。でもまあ、渚とは長いつき合いだ。乗ってあげよう。

「一回の調理で、ふたつの調理法を同時にやってるのかもね」

渚が瞬《まばた》きした。「っていうと？」

「ほら。表面は焼いてるんだけど、中は自分自身の水分で蒸してるんじゃない？　だから、外はカリカリ、中はふわふわになる」

渚が口をОの字にした。ほほう、といったところか。

「なるほど。言えてる。一石二鳥か」

「中の温度がどのくらいになってるかわからないから、厳密にいえば蒸しているかどうか、わからないんだけどね」

「細かいことはいいよ」渚が右手をぱたぱたと振る。「納得感があれば」

「それもそうだ」

答えながら、頭の中を何かが通り抜けた感覚があった。完全に抜けきる前に捕まえた。過去の記憶だ。「一回の調理で、ふたつの調理法」という自分の言葉から引き出された記憶。

「――そうか」

突然の独り言に、周囲の目がわたしに集まる。

「思い出したことがあったんだ」話しながら、記憶をさらに引き出していく。「ずっと前のことなんだけど、この飲み会に須田明日香《すだあすか》って子を連れてきたのを、憶えてない？」

「すだあすか」渚が宙を睨む。「憶えてないなあ」

長江も同様なようだ。わたしは補足する。

「白ワインとチーズフォンデュのとき」

酒と肴《さかな》を挙げた途端、渚が手を打った。「ああ。固くなったパンをもらった子ね」

記憶というものは、きっかけを与えてやれば、案外すぐに思い出せるものだ。それにしても、そのきっかけが酒と肴というのは、正直すぎる。

「そう。その子。あの後、結局固くなったパンをくれた高坂《たかさか》くんと結婚したんだけどね。その高坂家の話」

「うまくいったんだな」

長江もすっかり思い出したようだ。あのとき、明日香が抱えていた悩みを、長江が解決した。おかげで明日香は高坂くんとわだかまりなくつき合えるようになって、結婚に至ったのだから、長江は恩人といっていいだろう。

「高坂家には、男の子がいてね。智樹《ともき》くんっていうんだけど、その子が小学三年生のときの話」

本格的に話し始める前に、シードルで喉《のど》を潤《うるお》した。

「わたしも会ったことがあるけど、頭の回転の速い、利発な子だったな。新製品企画を仕事にしている両親の影響か、工作が大好きだった。逆に、読書が大嫌いなのは困ったもんだって、明日香が言ってた。そして夏休み。定番の自由研究は、ティラノサウルスの工作キットを組み立てることにした。ほら、木とかボール紙とかの薄い板を組み合わせて、骨格標本を再現するやつ」

「ああ、あれね」健太は思いあたったようだ。「あれは、楽しいぞ」

「男の子はそうだろうね。智樹くんも楽しみにしてたけど、悩みもあったわけだ」

「ははーん」

渚が楽しそうに言った。「読書感想文か」

「そういうこと。夏休みの宿題に、読書感想文も入っていた。まあ、当然だよね」

幸いなことに大は読書好きだ。だから読書感想文で苦労したことはない。両親がマンガ好きだからといって、マンガしか読んでいないわけではないのだ。それは、咲ちゃんにもあてはまる。この両親に育てられた以上、活字が嫌いなわけがない。案の定、二人とも読書が嫌いな高坂智樹くんに、共感の表情は浮かべなかった。

「親は本を読めって言うけど、子供は言うことを聞かない。ゲームをするか、工作をするかばかりで、親が用意した本を手に取らない。でも、宿題として出されているのは本人もわかっているし、このままではまずいと思ったんだろうね。なんとかしなきゃと思いはしても、どうしても本に関心が向かない。そこで智樹くんが最初に考えたのは、他人に頼ることだった」

「頼る?」意味がわからないというふうに、渚が繰り返した。まあ、渚の性格なら、そうだろうな。

「簡単に言えば、友だちに書いてもらうってこと。社宅仲間の楠本《くすもと》さんのお嬢ちゃんが、智樹くんの同級生でね。楠本嬢ちゃん——美紅《みく》ちゃんっていったかな——に頼み込んだ。自分の代わりに読書感想文を書いてくれたら、美紅ちゃんが嫌いな自由研究に、トリケラトプスの工作をしてあげるからと」

「すごい取引だな」渚が呆《あき》れたようにコメントした。「嫌いな読書感想文を他人に押しつけられるだけじゃなくて、自分は好きな工作をふたつもできる。一石二鳥を狙ったわけだ。ずる賢いというか、なんというか」

「なかなか、巧妙《こうみよう》でしょ」

「でもそんなの、先生が見れば一発でばれるだろうに」

「それがわからないのが、小学生でしょ。でも、美紅ちゃんはわかったみたい。小学生の頃は、女の子の方が成長してるからね。『自分でやらなきゃ』と断った」

「そりゃ、そうだ」

「でも、智樹くんは粘った。書いてもらうのはあきらめたから、せめて代わりに本を読んで、あらすじを教えてくれと」

「一歩退《ひ》いたか」

「でも、それも断られた。『自分で読まないと、感想文なんか書けないよ』と」

「当たり前の話だ」

「すげなく断られた智樹くんは、すごすごと自宅に帰った。けれど、あきらめなかった。といっても、どうやって本を読まずに済ませるかについてだけど。そして、夏休みも最後の最後になって思い出したんだ。感想文の宿題には、課題図書がないことを」

「課題図書がない？」健太が訊《き》き返す。「そんなことが、あるのか」

「推薦図書は何冊かあったらしいけど、基本的には、活字なら何でもよかったそうだよ。マンガはさすがにダメだったけど」

咲ちゃんが不満そうな顔をする。いや、当然のことだから。

長江の目が笑った。この先の展開に見当がついたようだ。でも口には出さず、先を促してきた。わたしはうなずく。

「宿題は、活字なら何でもいい。一方自分は、今から活字を読もうとしている。じゃあ、それの感想文を書けばいいじゃないか」

「まさか」夫に一歩遅れて、こちらも勘づいたらしい。渚の声が震えた。「工作キットの組立説明書？」

「大当たり」

リビングは爆笑に包まれた。

「そりゃ、すごい」涙を拭《ふ》きながら渚が言った。「そうか。それで夏美は『一回の調理で、ふたつの調理法』から、この話を思い出したのか。確かに、工作と読書感想文のふたつを、一回の『読書』で片づけられる。ここでも、一石二鳥を狙ったわけだ」

「そういうこと」わたしは察しのよい夫婦に賞賛のまなざしを向けた。「智樹くんは文章を読むのが嫌いなんじゃなくて、物語文が好きじゃないんだろうね。解説文なら、ちゃんと読んで内容を理解することができる。しかも興味のある工作についての文章だから、読むことに抵抗はまったくない」

「発案は悪くないかもしれないけど」健太が笑いを収め、腕組みをした。「実際問題として、組立説明書を読んで感想文が書けるのかな。いったい、どんな文章になったんだろう」

「工作は、ティラノサウルスの骨格標本っていったっけ」長江は、子供の発想が気に入ったようだ。楽しげな顔で言った。「組立説明書は『背骨③に、肋骨《ろっこつ》⑧から⑰を差し込んでいきます。前後を間違えないよう注意してください』とかいった文章だろう。おそらくイラストが入っているから、文字数は少ないし、わかりやすい」

「だから困るんじゃないか」渚が口を挟んだ。「組み立ての順番を説明する文章に、どうやって感想を書けというんだ」

「でも、智樹くんはチャレンジしたわけですよね」

渚にそう言って、健太がわたしを見た。「実際は、どうだったんだ？」

「みんなが想像しているとおり、相当苦労したって話だった」

わたしは明日香の愚痴《ぐち》を思い出しながら言った。「最初は、きちんと文章について感想を書こうとしたそうだよ。『最初に脚を組むのは、順番がいいと思いました』とか『頭蓋《ずがい》骨《こつ》は組み立てるのが難しいから、特に説明を丁寧にしていると思いました』とか。でも、感想文の宿題は原稿用紙二枚から三枚。そんな感想では、とても埋まらない。一枚目の後半で書き終わってしまった」

「そうだろうな」

「仕方がないから、そこからティラノサウルスそのものについて書くことにした。恐竜の図鑑を引っ張り出してきて、大きさや生態、トリケラトプスと戦う白亜紀の名場面とかを書いて、なんとか原稿用紙を埋めた」

「それ」健太が恐る恐る言った。「本当に提出したのか？」

「そうらしい」

みんな、一斉に天を見上げた。渚が頭の位置を戻す。

「すごい子だな。というか、親は止めなかったのか？」

「明日香は反対したみたい。でももう夏休みも終わりだし、書き直す時間的余裕もない。お父さんの高坂くんが『面白いじゃないか』とかばってくれて、そのまま提出した」

「先生の反応は？」

「発想がユニークだって言ってくれたそうだよ。でも、次はちゃんとした本を読んでねってコメントがついてたそうだけど」

「先生も大変だ」

「面白いじゃないか」

長江が、高坂くんと同じことを言った。「組立説明書から、完成品の生態に言及するんだから、上手な流れだと思うよ。自分が先生なら、高得点をつける」

「本来の読書感想文の趣旨からは、外れているけどね」

「それは、認める」

「確かに、結局は乗り切ったんだから、たいしたものだ」健太も長江に同調した。まったく、世の父親どもは。「もっとも、先生に釘《くぎ》を刺されたから、次の夏休みに苦労しただろうけど」

「そこまでは聞いてないけど、そうだっただろうね」

「さすがに、次の年は美紅ちゃんとやらに頼まないか」

渚の心配に、わたしは首を振ってみせた。

「それは無理。楠本家は、その年の十月に転勤で仙台《せんだい》に行っちゃったから。まあ、美紅ちゃんがいたとしても、頼めなかっただろうけどね。あれだけきっぱりと断られたんだから」

うんうんと健太がうなずいた。

「でも、物語文が嫌いなだけだったら、それこそ恐竜に関する説明文の本を選べば、けっこう達者に書くんじゃないのかな。それほど悲観することはないかもしれない」

「確かに、考えてみれば、すごい子だな」渚が唸《うな》った。「夏美は頭の回転が速い利発な子って言ってたけど、そのとおりだ。感想文を他人に押しつけようとしたときも、自分の力で感想文を書こうとしたときも、どちらも一石二鳥を狙っている。最小限の努力で最大限の効果を上げようとしたわけだ。母親の感覚だと先が思いやられるけど、考えようによっては将来が楽しみともいえる」

「父親の感覚だと、将来が楽しみだな」

珍しく、長江が軽口を叩《たた》いた。そして我が家の一人息子に顔を向ける。

「大くんは、どう思う？」

唐突な質問だ。わたしと健太が戸惑《とまど》っていると、問われた大は動揺することなく、ホットサンドのかけらを飲み込んだ。

「そうですね」人差し指で自らの頰を搔《か》く。「智樹くんでしたっけ。話を聞くかぎり、確かに頭のいい子ですね。でも――」

大は、淡々と続けた。

「その夏休みは、苦い思い出になってると思います」


リビングルームは、静けさに包まれた。親たちはきょとんとしているし、咲ちゃんは瞬きをした。一人、長江だけが優しげに発言者を見つめていた。

「どうして、そう思うんだい？」

悪魔に魂を売って頭脳を買ったと称された年長者の前で、大は臆《おく》することなく答える。

「そうですね」また言った。考えをまとめるように、少しの間黙る。

「まず、工作の組立説明書で読書感想文を書こうとしたことですけど、咲ちゃんのお母さんは、一石二鳥を狙ったと言ってました」

「言ったね」

「最小限の努力で最大限の効果を上げようとしたとも」

「うん」

「僕は、違うと思います。それほど深い考えはなくて、逃げ場がなくなって切羽《せっぱ》詰まった挙《あ》げ句《く》、藁《わら》をつかんだというのが本当のところだと思います」

「どうして？」思わず、口を挟んでしまった。「目の前の活字を最大限利用したんじゃなくて？」

「違うよ」大は母親の意見をばっさりと切り捨てた。「僕も宿題はいつもぎりぎりだったよね。だから智樹くんの気持ちは、よくわかる。最大限利用しようなんていう、心の余裕はない。うまくいきっこないアイデアでもすがるのが、夏休み最後の子供だよ」

わたしは答えに詰まった。大の言うとおりだからだ。

「それに、いくら小学三年生の男がバカでも、工作の組立説明書で感想文を書いたら先生に怒られることくらい、想像がつく。でも選んでしまったということは、本当に他に思いつかなかったからだと思う。先生が怒らなかったのは、運がよかっただけだよ。辰巳《たつみ》先生なら、チョークが飛んでくる」

辰巳先生とは、大が小学三年生のときのクラス担任だ。味付け海苔《のり》のような眉毛《まゆげ》をした辰巳先生を思い出す。大の言うとおり、辰巳先生なら激怒するだろう。

「本を読むのが嫌い。文章を書くのにも慣れてない。だから物語も組立説明書も書きにくさは一緒って考えたんだろうけど、案の定、すぐに行き詰まった。ただ、ここから恐竜図鑑を引っ張り出してきてつないだというのは、たいしたもんだと思う。僕なら、一枚目の途中のまま提出する」

「そんなこと、させるもんですか」

「だから、やらなかったじゃんか」ぬけぬけと言って母親を黙らせた後、大は続けた。

「ともかく、組立説明書だけで感想文を最後まで書いたのなら、一石二鳥大成功っていえるんだろうけど、そうならなかった以上、ただの失敗だよ。失敗をどうにかこうにか、とりつくろっただけ」

「うーん」渚が感心したように腕組みした。「なるほどねえ。大くんの言うとおりかもしれないな。じゃあ、智樹くんは失敗のリカバーには能力を発揮したけど、そもそもの発想はあまり賢くなかったってことか」

「はい」大はあっさりと肯定した。「僕が智樹くんのことをすごいと思ったのは、智樹くんが書いた感想文じゃありません。その前、どうにかして書かずに済ませようとしたときです」

「えっ？」渚が小さく首を傾げた。「宿題を友だちにやってもらおうとするなんて、別の意味ですごいけど、とても頭のいい子がやることじゃないと思うよ」

「そうですね」大はまた言った。ただ今回は、否定の前段階の意味を込めていた。

「友だち——楠本美紅さんでしたっけ——に書いてもらったとして、そのまま提出したら、どうなるでしょう」

「そりゃ、即死だな」渚が答える。「字が違うんだ。ばれるとかばれないとか以前の問題だ」

大は笑った。

「そう思います。さっき言ったように、小三の男はバカです。でも、それがわからないほどではありません。だったら、楠本美紅さんがオーケーしてくれて、本当に代わって書いてくれたら、智樹くんはどうするつもりだったんでしょうか」

「書き写すだろうな」健太が答えた。「面倒でも、頭を使わなくていいから、そのくらいはやるだろう」

元小三の男は実感を込めて言った。やはり元小三の男である大は父の指摘にうなずいた。

「そうすると思う。だけど、実際には断られた。それでも智樹くんはあきらめず、書かなくていいから読んであらすじを教えてって頼んだ」

「頼んだな」

「本当はあらすじだけ聞いても、かえって書きにくくなると思うけど、そこは組立説明書と同じく気づかなかっただろうから、まあ、変じゃない」

「全然、すごくないじゃんか」

渚が文句を言った。大はまた「そうですね」と答えた。今度は聞き流すニュアンスだ。

「お願いを聞いてくれたら、楠本美紅さんが嫌いな自由研究に、トリケラトプスの工作をしてあげるとも言いました。自分が嫌いなことをやってくれたら、相手の嫌いなことをやってあげよう。公平に見えますが、咲ちゃんのお母さんが言ったように、単に自分が好きな工作をやりたいだけなのが見え見えです」

「やっぱり、すごくない」

大は渚に笑みを向けて言った。

「でも智樹くんは、女の子である楠本美紅さんが自由研究にトリケラトプスの工作を選んだら、先生にばれると思わなかったんでしょうか」

感想文を代筆してもらったら筆跡でばれると考えているのなら、自由研究の題材選びでもばれると考えるはずだ——大はそう言いたいのだ。

「ばれるとかばれないとか、考えてなかったのかもしれないぞ」

健太が反論した。「感想文の代筆を頼んだときだって、男の子である自分が読みそうな本を選んでくれといった依頼はしていない。感想文であれば、何でもいいと考えていたからだろう。それなら、自由研究が嫌いな美紅ちゃんも、自由研究であれば何でもいいと思うに違いないと考えていたのかもしれない。だったら、自分が好きな恐竜の工作にしよう。そんな腹づもりだったんじゃないか？」

しかし大はあっさり肯定した。

「うん。お父さんの言うとおりだと思う」

「えっ？」

「そう考えて、智樹くんはトリケラトプスを選んだ。男には、ティラノサウルスと並んで人気のある恐竜だよね。先生から見たら、男が代わって作ってやったことがバレバレ。そんなことを平気で提案した智樹くんは、咲ちゃんのお母さんが言うように、あんまりすごくない」

すごいんじゃなかったのか。そう突っ込もうとする前に、大が言葉をつないだ。

「自分の感想文を人に書かせよう、本を読ませようとする。人のためと言いながら自分の好きなことをしようとする。それだけ見ると、とんでもない奴です。でも、ひとつ条件を付け加えると、違ってきます」

「条件？」渚がわかっていない顔で聞き返す。大がちょっと言いにくそうに答えた。

「智樹くんが、楠本美紅さんのことが好きだったという条件です」

渚は一瞬黙り、しわがれた声でつぶやいた。「……え？」

「もし、楠本美紅さんが智樹くんの頼みを聞いて、感想文を代わって書いてあげたら、どうなったでしょうか」

「その感想文をもらうよね」渚が答える。「そして、書き写す。学校には、自分の字の感想文を提出する」

「そうですよね。つまり智樹くんの手元には、楠本美紅さんの手書きの感想文が残ることになります」

渚が目を見開いた。重要なことを聞いた。そんなときの表情だ。

「でも楠本美紅さんは断った。じゃあ、読むだけの頼みを引き受けたら、どうなったでしょう」

「美紅ちゃんが本を読み終わったら、会うよね」今度はわたしが答える。「会って、美紅ちゃんからあらすじを聞く」

「うん」大は素直にうなずいた。「おおっぴらに言えることじゃないから、こっそり聞くことになるよね。つまり、二人っきりで」

「………」

「智樹くんが楠本美紅さんのことが好きだったとすると、もし頼みを聞いてもらえたら、宿題の感想文が手に入る以上の成果が得られるんだ。好きな女の子が、自分のために書いてくれた自筆の原稿用紙。そうでなくても、ごく自然に二人っきりになれる。智樹くんの本当の狙いは、感想文そのものよりも、こちらの成果の方だったかもしれない」

わたしは返事ができなかった。うちの子は、いったいなんてことを考えるのだ。

「感想文の方は、そうかもしれない」

健太がまた反論した。「じゃあ、工作の方は、どうなんだ？　好きな女の子のために、トリケラトプスはないだろう。もっと女の子が喜びそうな工作を考えなかったのかな」

「考えたかもね」

大はそう答えた。「でも、智樹くんはその道を選ばなかった。どうしてかというと、女の子が喜びそうな工作をしてプレゼントしても、それで終わってしまうから」

「終わるって？」

「『わーい、ありがとう。以上』ってことだよ。感想文のように、残るものがない。でも、トリケラトプスならどうだろう。自分はティラノサウルスの模型を持っている。楠本美紅さんはトリケラトプス。僕は知ってるし、お母さんも言ってたよね。ティラノサウルスとトリケラトプスの戦いは、白亜紀の名場面だって」

「そうか！」渚が大声を出した。「トリケラトプスをプレゼントしたら、『僕のティラノサウルスと君のトリケラトプスを戦わせるジオラマを作ろう』って言える。また誘う必然性が生まれるってことか」

「そう思うんです」理解してくれたことに、大は嬉しそうな顔をした。「だから咲ちゃんのお母さんが一石二鳥と表現したのは、実は間違いなんです。智樹くんは、感想文と、工作と、好きな女の子との接点という、一石三鳥を狙ったんです。しかも楠本美紅さんとの接点は、感想文側からも、工作側からもアプローチできている。すごい子ですよ」

渚は口をあんぐりと開けた。会ったこともない小学三年生の知略と、それを解き明かした親友の息子に対して、驚愕《きょうがく》しているのだ。

しかし渚はいつまでも驚きっぱなしではない。

「智樹くんは頭がいい。上手に一石三鳥を狙ったのかもしれない」

低い声で言った。「でも元小三の女から言わせてもらうならば、自分の宿題を他人にやってもらおうとする男は、嫌われる」

「はい」大は苦笑した。「楠本美紅さんは、咲ちゃんのお母さんと同じ考えで、智樹くんを嫌いになった。しかも嫌われたまま引っ越された。もう名誉挽回《めいよばんかい》の機会はない。だから、苦い思い出だと言ったんです」

大の話は終わった。

またリビングルームに沈黙が落ちた。親たちは黙っているし、咲ちゃんは表情を隠すように口元を結んでいる。

「見事だね」

長江が口を開いた。その口調に感嘆はあっても、驚きはない。おそらくは、長江も同じ結論に達していたのだろう。

「智樹くんは賭《か》けに負けた。では、大くんはどうだろう。君の賭けは、どんな結果になるのかな」

大は渋い顔をした。「僕は、他人に宿題を頼んだりしてませんよ」

「そう」長江は笑った。「君は、君自身の宿題を片づけなければならない。それが、賭けだ」

謎《なぞ》のような科白《せりふ》。しかし大は訝《いぶか》しげな顔をしなかった。何度目かの「そうですね」を口にした。

　大は背筋を伸ばした。そしてゆっくりと口を開く。

「僕は、咲さんと結婚することに決めました。ご賛同いただければ、ありがたいのですが」

　冬木大――二十七歳の若者は、咲ちゃんの両親を正面から見据えて言った。

　ニヤニヤ笑いが止まらない。

長江・ナオミ・咲。美しく成長した二十五歳の女性が、顔を真《ま》っ赤《か》にしているからだ。そして隣に座る咲ちゃんの母親もまた、ニヤニヤしている。

「その顔」渚が三日月の目を大に向けた。「とても賭けに負ける心配をしてる顔じゃないな」

「そうですか？」大は自分の胸に手を当てた。「心臓、ばくばくですよ」

「またまた」渚は表情を戻した。

「反対するわけがない」椅子《いす》の背もたれに身体を預ける。「いや、逆だな。咲は冬木家のおかげで人生を狂わされたからな。むしろ責任を取ってもらわないと」

「なに言ってんのよ」

咲ちゃんが母親に抗議した。

咲ちゃんは、我が家に遊びに来るようになって、マンガに目覚めた。読んでいるうちに自分でも描いてみたくなって、中学、高校とマンガ研究会に入った。大学教授である父親に勉強を教わると、無駄な脱線ばかりだった。それが創作の財産になったのか、同人誌即売会で注目されて、美大に進学した。

プロデビューは、大学卒業の年。昨晩だって、大が結婚を宣言する今日のために無理して原稿を仕上げたから、疲れた顔をしているのだ。

渚は娘の抗議を聞き流した。

「もう二、三年早く言ってくると思ってたんだけどな。よく今日まで引っ張ったもんだ」

大が答える。

「咲と話してたんです。最初の単行本が出るまでは、待とうって。プロとして一本立ちできた証明になりますから」

咲ちゃんの最初の単行本は、先月刊行された。可愛《かわい》らしい絵柄の四コママンガ集で、アニメ化の噂が立つほどの人気作らしい。

「立派だな」渚は平板な声で論評した。「デビュー前にかっさらって、専業主婦にしてしまってもよかったのに」

「まだパンとハムは残ってるから、焼くよ」

このまま母親のペースで進められてはたまらないとばかりに、咲ちゃんが遮《さえぎ》った。食パンにバターを塗り始める。サンドイッチを組んで、ホットサンドメーカーに挟んだ。カセットコンロを着火する。

「ホットサンドにシードルか」

すっかり白髪《しらが》が目立つようになった健太が口を開いた。

「自分たちには思いもつかない取り合わせだな。若いセンスが入るのは、いいことだ」

そう。今日の酒と肴は、大と咲ちゃんが選んだ。ずっとシードルを注いでいたのは大だし、ずっとホットサンドを作っていたのは咲ちゃんだ。大学生になってから、二人とも酒席に参加するようになった。

大学で長江と渚と出会ってから、四十年。三人で始まった飲み会が四人になり、そして六人になった。なんて幸せな増え方なのだろう。

「焼けたよ」

咲ちゃんがホットサンドメーカーを開いて、ホットサンドをまな板に載せた。包丁で手際よく六等分する。その間に、大がシードルを六つのグラスに注いだ。

長江の手が動いた。シードルのグラスをそっと押して、大の前に移動させる。

わたしはその行為の意味を、瞬時に理解していた。長江は長く続いた飲み会で、常にわたしたちが気づかなかった謎を解いてきた。長江はまさしく賢者だった。

そして今夜、長江は大の謎解きを聴いた。大はもう一人前だ。だから、賢者の役割を君に引き継ぐと言いたいのだ。ずっと自分が使ってきた、賢者のグラスと共に。

大も長江の意図を正確に理解したようだ。一礼して「いただきます」と言って、代わりに自らのグラスを長江に手渡した。

「それじゃ、乾杯かな」

渚がグラスを掲げた。

「若い二人の将来を祝して」

「乾杯！」

グラスが触れる音が響いた。ドライなシードルが、驚くほど甘く感じられた。サクッと歯が入るホットサンドも、また甘美だった。

長江はシードルを飲み干すと、将来の義理の息子に呼びかけた。

「大くん」

そして、その頭脳からは呆れるほど平凡な科白を吐いた。

「咲を、幸せにしてくれよ」

解説——気をつけなくていい楽しさ

書評家　藤田香織《ふじたかをり》

先日、久しぶりに気のおけない友人三人との「飲み会」に出かけた。

二〇一九年末から流行がはじまったとされるコロナ禍《か》、と呼ばれる世の中において「飲食」には長らく「気をつけろ」といわれてきた。会食は四人までで。あ、やっぱり同居家族以外はダメです。いやいや、ひとりで黙食して下さい。店側も時短営業でお願いしますね？　アルコールは出さないで。集《つど》うな、喋《しゃべ》るな、飛沫《ひまつ》が飛ぶぞとすり込まれ、それに抗《あらが》い外飲みする気力はどんどんなくなっていった。

コロナ禍以前は、際限がなくなるから家では飲まない、と決めていたのに、政治家も医者も学者も「家で飲め」、「ひとりで食べろ」と言う。仕方なく（そう仕方なく！）自分好みの肴《さかな》を作り、それに合った酒を見繕《みつくろ》い、好きな本を片手に晩酌《ばんしゃく》をはじめた。はじめてみたら、化粧して着替えて混んだ電車に乗る面倒臭さもなく、好きなものを好きなだけ飲み食いして、ゴロっと横になりながら文庫本を読み続けることができる「ひとり家飲み」サイコーじゃん！　と思うようになった。

ところが。久しぶりに友人たちと飲んだら、それはもうバカ楽しかったのだ。仕事ではなく不要不急な目的で人に会うこと自体にソワソワし、予約時間より二十分も前に店に着いてしまった。自分に呆《あき》れ妙に気恥ずかしくなっていたところに、友人の顔を見た瞬間、「わぁー！　久しぶりー！」と、この数年発したことがないほど高い声がマスク越しの口から飛び出した。それは明らかに「はしゃいでいる」状態で、あぁ、この感覚を忘れていたな！　と、はしゃぎながらも、ちょっとしみじみとしてしまった。


本書『Rのつく月には気をつけよう　賢者のグラス』の単行本が発売されたのは、まだ世の中がウイルスの恐怖に晒《さら》される以前の二〇一九年八月。収録されている七つの物語は、ふたつの家族の交流が軸となっている。

語り手を担う夏美《なつみ》と夫の健太《けんた》、ひとり息子・大《だい》の冬木《ふゆき》家。物語のいわば探偵役を務める高明《たかあき》と妻の渚《なぎさ》、娘の咲《さき》からなる長江《ながえ》家。夏美と長江夫妻は大学時代からの飲み仲間で、就職先も全員が首都圏だったため、卒業後も何かと機会を作っては集まっていた。そこに、途中から夏美の夫となった健太が加わったものの、国の研究機関に勤めていた長江高明がアメリカの大学へ移ることになり、妻の渚も食品会社を退職し同行してしまった。本書は、渡米した後に生まれた咲が小学二年生になるほどの歳月を経て、長江家が帰国した再会を祝しての集いから始まり、両家を行き来しての「家飲み」が描かれていく。

ローストビーフとカリフォルニアワイン。サーモンの酒粕《さけかす》漬けと米焼酎《こめじょうちゅう》。イカの肝《きも》焼きには秋田の日本酒を。鶏手羽中《とりてばなか》の煮込みには、卓上で燗《かん》した紹興酒《しょうこうしゅ》。博多《はかた》で覚えた豚バラの「やきとり」にはオーストラリアのシャルドネを合わせて、たこ焼きには業務用のサーバーと樽《たる》ビールを用意し、ホットサンドとシードルなんて小洒落《こじゃれ》た組み合わせも登場する。

もちろん、それを承知で購入された方も多いと思うが、本書は二〇〇七年に単行本が発売され、文庫化もされている『Rのつく月には気をつけよう』（祥伝社文庫）に連なる連作ミステリーである。前作では夏美、渚、長江の固定メンバーに、毎回ゲストがひとり参加。場所は決まって長江のワンルームマンションで、フローリングの床にレジャーシートを敷き、キャンプ用のテーブルと椅子《いす》を広げての宴会、というスタイルだった。全員がまだ二十代で、丼《どんぶり》に山盛りにしたスーパーのパック牡蠣《かき》を十二年もののボウモア（ウィスキー）で味わったり、ビールに合う！　と袋入りチキンラーメンを茹《ゆ》でずにそのまま齧《かじ》ったりと気取りのない雰囲気が愉快で、そこで長江が解き明かす会話のなかに含まれていた謎も、恋愛絡《がら》みのものが主だった。

　前作の刊行から、本書の親本が発売されるまで約十二年。作中での時間経過は具体的に記されていないが、夏美の息子・大が小学四年生と表記されていることから、巻頭の「ふたつ目の山」で冬木家と長江家は、やはり十余年ぶりに再会したと推測できる。ゲストを招くことはなくなっても、過ぎた時間の分だけ記憶の蓄積はあり、本作でも酒の肴から「そういえば」と広がった話に、学生時代には〈悪魔に魂を売って頭脳を買った〉と周囲で囁《ささや》かれていたほど明晰《めいせき》な考察＆思考力で、長江が新たな見解を示して推測していく。

　そうしたミステリーとしての魅力に加え、個人的には、前作と比較しての其々《それぞれ》の「変化」も大いに楽しんだ。ファンモードで読むと、長江の家にソファやダイニングテーブルがあるだけで「おお！」と頰《ほお》が緩んでしまう。あのぶっきらぼうであたりの強かった渚がこんなに小まめに子供の面倒をみる日が来るなんて。そうか、冬木夫婦はマンガ好きという共通点もあったのか。たこ焼き器？　あー、そういえば夏美が初めて婚約して健太を「飲み会」に連れてきたとき、長江はホットプレートを購入したんだよね、ふたりをもてなすために。あれ、何気ないけどいい話だったなぁ、などと気持ちが弾む。健太の妹・真《ま》子《こ》のエピソードや、「一石二鳥」で話題になっている高坂智樹《たかさかともき》くんの両親が交際に至るきっかけ、そして長江と渚の、それはもうニヤニヤがとまらなくなる「特別な日」についても語られているので、未読の方はぜひ前作にも手を伸ばして欲しい。

作者である石持浅海さんの作品のなかで、このシリーズは『月の扉』(二〇〇三年光文社→光文社文庫)に端《たん》を発する「座間味《ざまみ》くんシリーズ」と似た印象を受ける人も多いだろう。乗り合わせた航空機がハイジャックされた事件を解決に導いた、通称「座間味くん」は、事件から数年後、『心臓と左手　座間味くんの推理』(〇七年同)で、担当警察官だった大迫《おおさこ》さんと定期的に酒を酌《く》み交わすようになり、「玩具店の英雄」(一二年同)、「パレードの明暗」(一六年同)、そして最新刊の「新しい世界で」(二一年光文社)と年を重ねながらも「飲み会」を続けている。こちらは家飲みではなく新宿《しんじゅく》の大型書店で待ち合わせ、その時に食べたいものを考え、大迫リストから選ばれた店へ足を運ぶのだが、会話をきっかけに、座間味くんが見解を語り、状況説明から見えていた物事が鮮やかに反転する驚きは、本書と同様の味わいを堪能できるはず。特に現時点での最新刊『新しい世界で　座間味くんの推理』は、つい「おぉっ！」と声が出てしまうかも。どれだけ警戒していても、騙《だま》されてしまう快感が、そこにある。

長江が推理する物事の「真相」は、決して心弾むものばかりではなく、そもそも、それが真相かどうかも、解明されることはない。微笑《ほほえ》ましい話もあれば、虚を突かれるものもありく、そこには苦さもあれば甘さもある。けれど同時に、じわりと「うまみ」が広がっていくのだ。え？　ちょっとそれ酷くない？　あー、映画を観て原作感想文を書くって聞いたことあるなぁ。いやいや待って！　え？　そう来たか!!　と、相槌《あいづち》や突っ込みが次々と頭に浮かぶ本書は、間違いなく優れた「ひとり家飲み」の友でもある。

けれど、この驚きを、この「うまさ」を、この気をつけなくていい飲み会の楽しさを、誰かと語り合いたいとも思う。酒と肴のある場所で、心置きなく「会話」を楽しみたい。そんな時間があたり前になって、この解説が「そういえば、そんなこともあったね」と思われるようになる日を心から待ち望んでいる。

（この作品『Rのつく月には気をつけよう　賢者のグラス』は、
令和元年八月、小社から四六判で刊行されたものです）

一〇〇字書評

切り取り線

購買動機（新聞、雑誌名を記入するか、あるいは○をつけてください）

- □（　　　　　　　　　　　　）の広告を見て
- □（　　　　　　　　　　　　）の書評を見て
- □ 知人のすすめで
- □ タイトルに惹かれて
- □ カバーが良かったから
- □ 内容が面白そうだから
- □ 好きな作家だから
- □ 好きな分野の本だから

・最近、最も感銘を受けた作品名をお書き下さい

・あなたのお好きな作家名をお書き下さい

・その他、ご要望がありましたらお書き下さい

住所	〒				
氏名		職業		年齢	
Eメール	※携帯には配信できません		新刊情報等のメール配信を 希望する・しない		

この本の感想を、編集部までお寄せいただけたらありがたく存じます。今後の企画の参考にさせていただきます。Eメールでも結構です。

いただいた「一〇〇字書評」は、新聞・雑誌等に紹介させていただくことがあります。その場合はお礼として特製図書カードを差し上げます。

前ページの原稿用紙に書評をお書きの上、切り取り、左記までお送り下さい。宛先の住所は不要です。

なお、ご記入いただいたお名前、ご住所等は、書評紹介の事前了解、謝礼のお届けのためだけに利用し、そのほかの目的のために利用することはありません。

〒一〇一－八七〇一
祥伝社文庫編集長　清水寿明
電話　〇三（三二六五）二〇八〇

祥伝社ホームページの「ブックレビュー」からも、書き込めます。
www.shodensha.co.jp/bookreview

祥伝社文庫

R《アール》のつく月《つき》には気《き》をつけよう　賢者《けんじゃ》のグラス

令和 4 年 8 月 20日　初版第 1 刷発行

著　者　石持浅海《いしもちあさみ》
発行者　辻　浩明
発行所　祥伝社《しょうでんしゃ》
東京都千代田区神田神保町 3-3
〒101-8701
電話　03（3265）2081（販売部）
電話　03（3265）2080（編集部）
電話　03（3265）3622（業務部）
www.shodensha.co.jp

印刷所　萩原印刷
製本所　積信堂
カバーフォーマットデザイン　芥 陽子

本書の無断複写は著作権法上での例外を除き禁じられています。また、代行業者など購入者以外の第三者による電子データ化及び電子書籍化は、たとえ個人や家庭内での利用でも著作権法違反です。
造本には十分注意しておりますが、万一、落丁・乱丁などの不良品がありましたら、「業務部」あてにお送り下さい。送料小社負担にてお取り替えいたします。ただし、古書店で購入されたものについてはお取り替え出来ません。

Printed in Japan ©2022, Asami Ishimochi　ISBN978-4-396-34829-8 C0193

〈祥伝社文庫　今月の新刊〉

五十嵐貴久
愛してるって言えなくたって
妻子持ち39歳営業課長×28歳新入男子社員。一時の迷いか、本気の恋か？　爆笑ラブコメディ。

石持浅海
Rのつく月には気をつけよう　賢者のグラス
一口料理に舌鼓、二口美酒に酔いしれて、三口推理を堪能あれ。絶品ミステリー全七編。

矢月秀作
死桜《しざくら》　D1警視庁暗殺部
暗殺部三課、殲滅さる！　精鋭を罠に嵌め、非業な死に追いやった内なる敵の正体とは？

南　英男
裏工作　制裁請負人
乗っ取り屋、裏金融の帝王、極道よりワルいやつら。テレビ局株買い占めの黒幕は誰だ？

澤見　彰
だめ母さん　鬼千世先生と子どもたち
子は親を選べない。そんな言葉をものともせず、千世と平太は筆子に寄り添い守っていく。

門田泰明
汝《きみ》薫《かお》るが如《ごと》し（上）
新刻改訂版　浮世絵宗次日月抄
悠久の古都に不穏な影。歴史の表舞台から消えた敗者の怨念か!?　宗次の華麗な剣が閃く！

門田泰明
汝《きみ》薫《かお》るが如《ごと》し（下）
新刻改訂版　浮世絵宗次日月抄
古代史の闇から浮上した〝六千万両の財宝〟とは――!?　天才剣士の執念対宗次の撃滅剣！

岩室　忍
初代北町奉行　米津勘兵衛　**城月の雁《がん》**
盗賊が奉行を脅迫。勘兵衛は一味の隙にくさびを打ち込む！　怒濤の〝鬼勘〟犯科帳第七弾。